講談社文庫

私はあなたの瞳の林檎

舞城王太郎

講談社

目次

私はあなたの瞳の林檎

私はあなたの瞳の林檎

中学校の三年のときだったか、英語の時間の雑談で「You are the apple of my eye」ってイディオムの意味が《あなたのことは目に入れても痛くないほど愛してる／大事だ》だと教えてもらったとき、皆はリンゴがどうしてそんな意味を持つのか判らなくて混乱していたようだったけど、僕がそうじゃなかったのは、隣のクラスにいる鹿野林檎《かのりんご》のことがもうずっと好きで好きでその慣用表現にぴったりだったからだ。クスクスと笑っている奴がいたのは、僕がそれを公言していて最初っからからかいの対象だったからで、もう馴《な》れていたので全然気にはならなかった。その授業が終わってから「お、戸ケ崎直紀《とさきなおき》の瞳のアップル」と阿呆《あほ》の高村聡《たかむらそう》がからかったとき林檎が平気だったのも、同じく僕のことで皆にからかわれることに馴れてるからで、でも僕はやっぱり申し訳なく思うし高村つまらんこと言うなよな、ふうくだらない、とげんなりする。

ちなみに林檎ももちろん僕の気持ちを知っている。が、あんまり相手にしてくれないというか、どうやら本気だと思っていないらしくて

「戸ケ崎くんはそうやって私のことを好き好き言うのが楽しいだけじゃない？」

とか
「自分のキャラ作りに私を巻き込まないでよね？」

とか笑いながらいつもはぐらかしてしまうのだけど、僕が好きという気持ちをその言葉以外で表すことができないせいで、曖昧《あいまい》に笑いながら
「いつかちゃんと証明してみせるよ」

と言う他ない。

「別に要《い》らないから」

とまた常に言い返されるのだけど。

僕が林檎のことを好きになった理由や原因についてはよく判らない。きっかけも。気がついたら特別だったのだ。

さかのぼって考えてみると、中二の秋頃の体育館での全校集会で、女子の中では背が高くて後ろから三番目にスカートで座ってる林檎のパンツが見えていて、前から五番目の僕は後ろから聞こえるクスクス笑いでそれに気付いたとき、凄《すご》く腹を立ててしまった。僕だってパンツは好きだし、他の女の子だったらチラチラ見ながら同じようにこっそり振り返る男子の様子を見てはしゃいでいただろう。でも全然そうはいかな

かった。僕は体育座りをしたままあからさまに振り返り、パンツに焦点が合わないよう林檎の顔のみを睨《にら》みつけ、男子の何だこいつ馬鹿よせみたいな空気を無視して、ようやく僕に気付いた林檎に怒った顔のまま掌を打ち合わせ、Vサインを送り、両手をそれぞれ筒状に丸め、それを双眼鏡みたいにして目に当てた。パン！（ビッ）（グッ）（ビシッ！）と《パン・ツー・マル・見え》のジェスチャーを無言で怒鳴ったのだ。林檎にはまったく通じなかった。これって男子だけの暗号なのだろうか？他の男子は噴き出したりしてブグブグ笑ってるのに。苛立《いらだ》つ僕はもう一度くり返す。パン！（ビッ）（グッ）（ビシッ！）。もちろん手拍子は普通に鳴っているので担任も気付いて「そこ、やめなさい」と注意するけど僕には林檎が優先だった。パン！（ビッ）（グッ）（ビシッ！）パン！（ビッ）（グッ）（ビシッ！）と必死にくり返す僕の視線を追った林檎の前に座ってた女の子が、林檎のスカートが無防備になってることに気付いて注意したらしくて、林檎は慌ててスカートの後ろ半分を両手で捲《ま》き上げて両足を引き、高くなった膝の間に真っ赤な顔をうつぶせてしまった。後から女子に凄い怒られた。

「あんたが騒いだから林檎可哀想でしょ！」

確かにその通りだ。

男子はふざけ、僕をからかった。

「林檎のパンツ超貴重だったのに、空気読めよ」

確かに貴重だった。そういう種類の隙《すき》のある子じゃないのだ、林檎は。

そしてその後うちでよくよく考えてみると、僕はずっと林檎でオナニーすることを避けていたのだった。なんとなく違うから、と思ってただけだったけど、性的に何も感じてないんじゃなくて、僕は大事にしていたのだ。パンツーマル見えのときも同じだ。だらしないのを怒ってたんじゃなくて、大事にしていて、林檎のパンツを他の人間に見られたくなかったのだ。で、僕は林檎のことが好きなんだなと判った。

次の日に学校で林檎を呼び出し、全校集会の出来事を謝り、

「鹿野さんのことが好きみたいだ」

と言った。

「え、酷《ひど》い」

と林檎は言って、また顔を赤くして俯《うつむ》いてしまった。

非難されたので思わず
「ごめん」

と謝ってしまう。

林檎は俯いたまま頭を横に振る。

「違う。ごめん。そうじゃなくって、ごめんなさい。パンツ見られた人と付き合うとか、無理」

え？「どういう意味？恥《は》ずかしいってこと？」

「そうだけど、違くて、ごめん。後でいい？」

「あ、うん」

林檎は走り去り、その『後』とやらはいつまで待っても来ないし、普段通りを装う僕に林檎も調子を合わせてきて、いつの間にか何も起こらなかったみたいになる。

その《なかったこと》っぽくされるのが嫌で、ときどき林檎に「俺が好きだってこと、憶えてる？」とか「俺、気持ち変わってないけど」とか言ってると林檎も「うん……」とか「知ってるけど……」みたいに口数を減らしてモジモジ最初はしてたけど、段々「ま〜た言ってる」とか「はいはい」とか軽く受け流されるようになって、僕はもうどうしていいのか判らないのだが、それはいいとして、つまり中二のときには既に好きだったけど、さらに時間をさかのぼると、中一と小六のときにはほとんど喋《しゃべ》らなかった。思うに小学校時代に林檎にはいろいろあって大変だったはずで、林檎が可哀想みたいに見られるのも僕が可哀想だと思ってると林檎に思われるのも嫌だったから、僕は意識的に話しかけなかったし、林檎も僕にはあまり声をかけてこなかった。小学生のときに僕は林檎のおうちのことを知り過ぎていて、おそらく林檎はそんな僕を警戒していたんじゃないかと思う。

小四のときに林檎は茨城から東京に引っ越してきたのだが、父親と母親は一緒じゃなくて、林檎と妹の杏《あんず》だけで母親の姉、つまり二人の伯母さんのうちに預けられたらしかった。もちろんそんなこと僕たちは知らなかったが、小五のときに林檎の母親が調布にやってきて、僕もたまたまそこにいた。

そことは調布駅だった。

その頃はまだ改札は地上一階の北口改札と地下一階の南口改札と東口改札の三つに分かれてて、林檎の母親と伯母さんがもつれ合っていたのは北口改札を入った階段の上で、ギャーギャー女の人が金切り声で怒鳴り合う声が聞こえてるなあと電車を降りた僕と父親は買い物帰りで、ホームから地下に降り、通路を進んで北口改札へ続く階段を見上げると女の人がもう一人の女の人の手をグイグイ引っ張っていて階段に降りようとするのを防いでるらしくて、そのそばで泣いてる女の子が二人いて、それが林檎と杏だった……。

「わあ、凄いな」

と僕の父親が言い、何だか気まずいので僕は遠回りになるけど南口の方に出るべきなんじゃないかなと思う。

でも女の人二人の喧嘩《けんか》が激しいし林檎はその喧嘩に巻き込まれて大変そうだから気付かないかも、と階段を上がり始めると、何言ってるのか判らない怒鳴り声とともに女の人の片方が林檎と杏をドンドーンと階段のほうに蹴《け》り込んでくる。階段に落ちもせずに空中を飛んできて、

「うわあぁっ！」

とビックリしながらも咄嗟《とっさ》に駆け上がったのは僕と父親で、僕が林檎を、父親は杏を階段の途中でキャッチし、父親はさらに僕のジャンパーの襟《えり》をひっつかんで林檎の重みで僕が階段を転げ落ちないようにしてくれる。おかげで膝を階段の角にぶつけただけですむ。

「ナイスキャッチ！」

と知らないおじさんが言う。

「大丈夫？」

と林檎を階段で立たせながら震える声で僕は訊《き》くけど、林檎は真っ青な顔で声もたてずに泣いているだけで答えられない。

甲高い悲鳴のような声が響いて階段の上を見ると林檎を蹴った女の人は地面に倒さ

れ、駅員さんと警察官と他のお客さんに押さえ込まれている。が、それを這《は》い出して
こようとしてきて恐ろしい。
「娘に触んじゃねえよ！」
と女の人が叫び、奇声をあげ始めて連れ去られていくと、一歩階段を上がって追い
かけそうになった林檎だけど、立ち止まる。
「もうやだあ……」
と言って、僕の父親の腕の中で杏が泣き出し、すると林檎も
「ふううふっ……ふふっ……」
と息を震わせて泣き出し、僕の肩のところのジャンパーをぎゅっと摑《つか》み、階段の上
の女の人から顔をそらす。
取り押さえられた女の人が喚《わめ》きながらも連れ去られ、階段の上から見えなくなった
ので、
「もう大丈夫みたいだよ、一応」
と僕が言うと、林檎はようやくこちらを見て、
「……あ、戸ケ崎くん」
とやっと気付いたみたいだ。

警官と駅員さんたちが僕たちのところに駆け下りてきて、林檎と杏の無事を確かめる。僕と僕の父親にありがとうすみませんと言って名前と連絡先を訊き、僕が林檎の同級生だと判るともう一度、

「そうか、ありがとう」

と言って僕の頭をくしゃくしゃと撫《な》でる。こういうタイプの大人っているけど、そうされるのはもうずっと嬉《うれ》しくない。

杏が僕の父親から離れようとせず、引きはがそうとすると大泣きするので、とりあえず落ち着くまでつきそうことになる。

「先に帰ってご飯食べてなさい。お母さんにはお父さんから連絡しとくから」

と言って杏を抱き上げたまま駅の事務室に入る僕の父親に頷《うなず》いた後、林檎の背中に
「鹿野さん、大丈夫だよ。今日のこと誰にも言わないから」

と言いながら、こんなこと今の林檎には問題じゃないだろうなと思うし、自分としてもどうでもいい、くだんないことを気にしてるような気がする。

でも林檎は僕のほうを振り返り、涙を拭《ふ》きながらちょっと笑って
「ありがとう」

と言う。

綺麗《きれい》な子だな、と僕は唐突に思う。

背が高くて痩《や》せていて顔にかかった黒髪はぼさぼさなのに、頰《ほお》が高くて肌が白くて目と涙がキラキラしてる。

冬で、クリスマスが近かった。駅前のイルミネーションとタクシーやバスの明かりの中を僕はプレゼントを持ったまま走り抜け、家に帰った。林檎をちゃんと受け止めることが出来て良かった、と繰り返し思っていて、いつの間にかうちに着いた。

僕の父親と母親は普段から子供の前では小難しい話をしようとしなかったし、今回のことも同様だった。夜遅くに帰ってきた父親は、林檎と杏はちゃんとした子たちだし周りにもしっかりとした大人もいるから心配ないよと言うだけだった。

林檎を蹴ったのは林檎の本当の母親なんだろう。僕たちが林檎と杏を受け止めなかったら二人とも酷い怪我《けが》をしていただろう、殺人未遂うんぬんって言葉も聞こえてきたけどあんまり大袈裟《おおげさ》とは言えないだろう……と思ったけど、僕は林檎を可哀想だとは思ってなかった。綺麗だと思っていたのだ。可哀想っていう言葉も感情も林檎みたいな綺麗な子には似つかわしくない……と考えながら僕は眠る。

僕が眠っている間にも鹿野家では暴力的な騒ぎがあり、怪我人は出なかったけれど刃物でドアが傷つけられ、鹿野満美子《まみこ》さんは警察に連れていかれてしまうが、僕は知らない。

　不倫して離婚して子供はいらないと言って姉の家に預けたくせに養育費欲しさに子供を誘拐しようとしたという話だけど、当時の僕にはよく意味が判らない。

　小四の終わり頃転校してきてすぐにクラス替え、ようやく落ち着いてきたのに今回の大騒ぎが結構噂《うわさ》になったみたいで、クラスの奴らは林檎にくっついたり離れたり仲良さげに振る舞ったり遠ざかって噂話をしてみたり立ち位置が定まらない様子だったけど、僕が見る限り、林檎自身は転校してきてからずっと同じ調子で穏やかで、真面目に授業を受け、話しかけてくる相手にはにこやかに答え、授業が終わると妹と二人で帰っていく。あまりにも以前と変わらない調子なので、僕はあの、駅の階段の途中で泣いていた林檎の表情や仕草が凄く特別なものであるような気がした。

　林檎が普段通りなので、いっときクラスの変な奴らが可哀想がろうとしたけれどすぐにしゅるしゅる萎《しぼ》んでいく。噂話も噂話だけに内容がころころと変わっていくので子供はすぐに厭《あ》きるし、何より林檎というのはからかったり苛《いじ》めたりしやすいタイプの女の子じゃなかったので、なんとなくつまんないことはやめておこうかなみたいにして事態は落ち着いていく。

　あのときに居合わせた子供は僕だけで、僕のみがあの林檎を知っている。

……というのが僕にとって嬉しいことだったかどうかはよく判らない。林檎はあまり僕に話しかけてこなかったし……と言ってもそれは元々だったかもしれないけど……そんな様子の林檎を見てると、僕も話しかけにくいような気がしていた。

　しかしながら今もやはり僕は林檎のことを可哀想だとは全然思えない。あの駅の出来事を気にしなくていいのになとかも思ったことがない。僕はこう思っていたのだ。林檎のおうちのことが大変で、その状況を皆から見れば可哀想って思われるのは判るけど、だからって林檎を《可哀想な子》ってことにするなよな、と。人にはいろんな事情があるしいろんな側面がある。林檎にだっていろんな要素があっていろんな時間があるのだ。林檎はクラスで一番筆箱が綺麗なんだけど、どうして皆それに気付いて《筆箱の整頓《せいとん》が上手で文房具を丁寧に扱える子》というふうに扱わないんだよ！と。

　林檎の《可哀想》から皆の目を逸《そ》らさせてやりたいとか思ってたわけでもないが、ちょっと扱いが不当な感じだったのだ。

　しょうがないことだが。

　だから僕は無言で林檎を見ている。

　林檎は普段通りに振る舞うことで、周囲の《可哀想》の視線をどんどん減らしていく。

僕ですらあの冬の夜の林檎の様子を忘れてしまうくらいに。クラスの奴らとゆっくり馴れて冗談を言ったりもするようになり皆と明るく笑っているばかりでしっかりしている林檎が声をあげて泣くなんて想像できなくなっていく。

でもあの林檎も林檎だ。

僕は小六の卒業式の日に、林檎に呼ばれ、廊下の一番奥に連れていかれ、二人きりで話す。

「何？」

「あのね、お礼が言いたくて。戸ケ崎くん、ありがとう」

「？何が？」

「調布の駅で、私、階段から落ちて怪我しそうになったとき、助けてくれたでしょ？」

「あ、うん」

「助けてくれて、ありがとう。妹のことも」

「いや……」

「あと、あのときのこと、人に言わないでくれて、ありがとう」

「あ、うん」

「本当にありがとう。ごめんね、言うのが遅くなって。もっと早くに言わなきゃって思ってたのに、……何だか、あのときのこと思い出すと、怖くて」

「……もう大丈夫なの？」

「うん」

「……ふうん……？」

「一緒に卒業できて、良かったね。中学でもよろしくね」

「うん」

「じゃ」

「あ、鹿野さん」

「はい」

　行こうとした林檎を、僕は呼び止める。何と言うか、通り一遍のことしか言わず、言葉数も少ない林檎は、こうやって僕に義理を果たしながら僕が林檎をどう見てるか確認しに来たんだろうなと思いつつ、《可哀想な子》っていうふうに林檎自身も思っていて、それを否定したくて頑張ってたんだな、と知り、でもあの日のことをちょっとぽろっとこぼしたような今の話は僕にしか言えなかったことで、あっさり切り上げようとしているけどまだ何か残ってるなと判る。

あと、僕にとってはよく理解できないいろいろだけど、林檎にとって大したことじゃないなんてことはありえない。

事実は事実だ。

僕はちょっとだけ苛立ったついでに言う。

「あのさ、……怖い思い出なのにごめんだけど、あのとき鹿野さんたちは階段から落ちたんじゃなくて、落とされたんだよ?」

「………」

「あと、妹のほうは、僕じゃなくてお父さんが助けたんだ」

「……うん」

「そんで、あんなこと、他の人に言わないの、当たり前だから。普通言わないよ。鹿野さんとかおうちの人に失礼じゃん」

するとと無表情のまま僕をじっと見つめていた林檎がぱっと顔をうつぶせ、泣き始める。

僕は焦《あせ》る。

「あ、ごめん」

「ううん……ごめん」

「別に言う必要なかったことだけど、なんか、ちゃんと間違いを正しといたほうがいいような気がして。ごめんね」

「いいのいいの。ありがとう」

と言って顔を伏せたまま涙を廊下にポタリポタリと落としつつ林檎が一歩一歩、僕のほうに近づいてくる。

「あのとき、……私、すっごい怖かった」

「うん」

「ふう……う、ふふふふ、っぐ……」

と林檎の吐《は》く息がまた震え出す。

僕の目の前に林檎の髪の分け目があって、僕はぼんやりと髪の流れを見つめている。

「っぐ、こわ、怖かった。っぐ、うううう、ふ、死ぬかと、死、死んじゃうかと思ったの。っううう、ぐ、ころ、こ、殺されちゃうと思って、わた、私、動けなかった。妹も一緒だったのに。わた、わ、私、私、うっぐ、うううううう……」

「怖かったから動けないって、しょうがないんじゃない？そうなるんじゃないのかな、誰でも」

「うううううう！」

と絞《しぼ》り出すように唸《うな》って、林檎は僕の肩にどん、と頭をぶつけてくる。

わ、と慌てる僕の背中に林檎の腕が回る。

「あり、あああり、ありがとう！あの、あのとき、助けてくれて、ありがとう！ありがとう！うううう、あり、あがる、あが、あがりる、うううううう！言えない！っぐ、ありがとう！ありがとう！ありがとう！ありがとう！」

小五のクリスマス前から一年以上経《た》って僕も林檎も身長も伸びてるし体格も変わってるし、林檎はさらに柔らかくなってる気がする。そして僕は恥ずかしい。

あと僕の肩のところで泣きじゃくってる林檎は可愛いので思わず笑ってしまう。何かがほどけたような感覚と、何かが結びついた感覚が同時にある。

「あはは、うん、いいよいいよもう大丈夫。怖かったと思うけど、もっと平気になるだろうし、いつか完全に大丈夫になるんじゃない？こういうの。よく判んないけど。あはははは」

「もう、何で笑うの……？」

と言って肩から顔を離した林檎が僕の顔を見る。肩が濡《ぬ》れていて涼しい。林檎の顔はまた涙でぐしゃぐしゃで、綺麗だ。

するとしたがぶーっと噴き出し、

「戸ケ崎くん、顔真っ赤っかじゃん！あはは！」

と笑い出す。

僕もつられてまた笑う。

「あはははは、だって、ちょっと、びっくりしたから」

「あははは！そうだよね。ごめんね！ずっとこうしたかったの！」

「あはは。え？どういう意味？」

「ううん、何でもない！あは、こうやって、一緒に笑ったりしたかったの」

「もう卒業だよ」

「だね。でも同じ中学だし」

「うん」

「春休みもあるしね」

「あ、うん」

「戸ケ崎くん春休み、予定あるの？」

「別に大して何もないよ」

「じゃあ、遊びに行ってもいい？」

「え？あ、いいよ」

「じゃ行くね。電話とかも大丈夫？」

「うん」

「じゃ、ふふ、また明日」

「うん」

「ありがとう！またね！」

と笑って手を振って、林檎は廊下を走り去ってしまう。

明日？

また明日って……？

明日は明日で、その次の日から濃密な二週間が始まる。十四日間、林檎は毎日僕と遊ぶようになる。電話がかかってきて、外に呼び出される。女の子と遊ぶなんて低学年のとき以来で何したらいいか判らなくて困っていると、林檎が提案してくれる。春休みの初日は、野川《のがわ》公園に自転車で行く。遠足で行ったことはあるけれど、遊びに行くのは初めてだ。野川沿いの桜がもう咲き始めている。学校では僕とは全然喋らなかったし他の子相手でもそれほど口数が多いようには見えなかった林檎がずっと喋って笑っている。公園のアスレチックをいろいろ試しているとお昼どきになって、「あ〜

お弁当持ってくれれば良かった！」と林檎が言う。二人で売店で肉まんを買って食べる。林檎の提案でカレーまんと肉まんを半分こして交換する。落ちてたボールでキャッチボールをする。投げ方を教えてあげるけど上手くいかない。どうして女の子は上手に腕を振れないのか？頭より上に手が上がらないみたいだ。

次の日は多摩川に行ってみる。林檎がお弁当を持ってきている。おにぎりと卵焼きとソーセージとほうれん草のおひたしとコロッケが色とりどりのペーパーカップに入っている。僕の母親の弁当より華やかで、女の子っぽい。美味《おい》しいけど恥ずかしい。周りの知らない男の子たちの視線が気になる。林檎はまったく平気みたいだ。昨日拾ったゴムボールを林檎は持って帰ってまた持ってきたらしくて、またキャッチボール。小さなゴールを決めてミニサッカーもする。林檎はサッカーのほうが得意っぽくて結構強くぶつかってきたりする。互角って訳にはいかないし、ふざけて両手で押してきたりするけど、まあハンデってことで。

次の日は神代《じんだい》植物公園。遠出ばかりしてるってことは、僕と二人で遊ぶのを他の知ってる誰かに見られないようにしてるのかなと思ってたけど、「私、自転車とかで遠くに行くの好きなんだ」と林檎は言う。「戸ケ崎くんは？」

「楽しいよ。皆でサッカーしたりゲームしたりするのも楽しいけど」

「皆でサッカーとかゲームとかしたい？」

「別にいいよ」

「ふうん。良かった。私、思いっきり遊んでみたいんだ。サッカーとかゲームとかは、私よく判らないから」

「そう？」

「すっごい遠くまで、本当は出かけてみたい」

「じゃあ行ってみる？」

「え？本当に？」

「明日とか。多摩川の堤防、どんどん下ってみるのは？海まで行けるかな？」

「海まで行けるかな！」

台詞《せりふ》がかぶった。

「あはは！じゃあ明日はとことん多摩川を行ってみよう！」

神代植物公園でもゴムボールサッカー。お弁当。その後ブラブラ散歩しながらいろんなこと喋った。内容は全然憶えてないけど、お菓子のこととか、どっかのペットのこととか、修学旅行のこととか、そういうどうでもいいこと。

さてその次の日は多摩川堤防とことん下りの日。毎日天気が良くて最高だ。僕たちは昼に二子玉川の近くでお弁当を食べる。サンドイッチ。

「毎日お弁当作ってるからさ、伯母さんがうるさいの」

「え。怒られてるの？」

「違う。何て言うか、からかわれる」

「あそう。………」

「戸ケ崎くんだって言ったら伯母さんも『あそう』だって。あはは」

「………」

「戸ケ崎くんっていい人だね」

「え。別に？」

「いい人だよ」

「あのさ、それやめてくれない？」

「何が？」

「いい人だって言うこと」

「何で？」

「判んないけど、俺別にいい人じゃないよ」

「いい人だよ」

「やめてってば」

「はーい」

お弁当を食べ終わってまた東へ東へ進みながら、僕はどうして林檎が僕と遊ぼうとするのかを考えている。

僕がいい人だから？

これはやはり駅の階段でナイスキャッチありがとうの一環なんだろうか？

友達になりたいとかじゃなくて？

この今、僕と林檎は友達なんだろうか？

う〜む……。

とモヤモヤしてるうちに夕方になり、日が落ちかけている。

あれ？と僕はようやく気付く。来た分戻らなきゃいけないのにマズくない？暗くなるぞ……？

「鹿野さん、そろそろUターンして帰ろう」

と言うと、一応自転車を停めたけど、林檎は前を向いたまま振り返らない。

「今ここどこだろ？」

「判んない。まだ海までは遠そうだな」

「え〰〰〰〰……もう帰んなきゃ駄目？」

「もう夜になっちゃうよ」

「でも海見たかった……」

「うん。けど夜遅くなると怒られるよ。つかもうヤバいけど」

「……………」

「とにかく帰ろうよ。どこまで来たか判んないけど、ここまでかかった時間、そのまま帰るのにもかかるんだろうしさ」

河川敷は広がり、風の中には海の潮の匂いも混じっている。

「海、近いよね」

と林檎が言う。

「うん。でもすぐには着かないと思う」

堤防の脇にはずっと似たような住宅地が続いているし、先のほうを遠目に眺めてもそれはまだ全然終わりそうにない。

「一人でも行ってみようかな」

と林檎が言い出して僕は慌てる。

「危ないよ。一人なんて」

「行けるんじゃない？」

「行けるかもしれないけど、帰りが危ないよ。絶対夜になるし、帰ってこれるかどうか怪しいよ」

「え〜……？でも……」

どうしてこんなふうに海に固執するのかとちょっと苛立ち始めて思い直す。違う。海が必ず見たいとかじゃなくて、ただひたすら遠くに行きたいだけだ。

「じゃあさ、今度、電車で行こうよ。海まで。一緒にさ」

するとようやく林檎が僕のほうを振り返る。

「ホント？一緒に電車で行ってくれるの？」

「いいよ」

「やった！それ約束ね！明日！明日！」

明日かよ。

僕はそこでもう一つ妙案を思いつく。

「じゃあこの自転車、この近くの駅に置いておこうよ。で、今日のところはもう暗くなってきたし電車で帰って、明日海まで行って、早めに帰って、この自転車乗って調布に戻ろう」

「凄い。頭良い！あはは。そうしよっか！」

僕はホッとして林檎と堤防を降りるけど、結局最寄り駅を探すのに手間取って、電車で帰ってても夕ご飯の時間をとっくに過ぎてしまう。僕も林檎も電話を入れておいたけどやっぱり帰って叱《しか》られた。

で、次の日ちゃんと海に行く。多摩川が東京湾に流れ出る場所は東京都と神奈川県の県境で羽田空港の脇だ。で、僕たちは羽田空港までとりあえず行き、とにかく南のほうへと徒歩で歩き出す。バスや空港で働く特殊な車たちが行き交う道を折れて原っぱの脇に入る。舗装がボロボロになったもう多分ほとんど誰も使ってないそこをどんどん歩いていくと、民家と雑居ビルが並ぶ小さな町に出て、堤防がある。多摩川の河口だ。

でもすぐそばに橋や大きな工場だか倉庫だかがあって、船もたくさん停まっていて、東京湾には向かいに房総半島もあるし人工の島に大きな橋がいくつもかかり下をタンカーや貨物船が行き来していて、全然想像していたような見晴らしも爽快感もない。東京は東京湾のもっとずっと南のほうから始まっているのだ。

「なんか、すっごい遠くに来たような、全然逃れられてないような感じだね」

と林檎が言い、うん？と僕は思う。逃れられてない？

何から逃れたいんだろう？

ぼうっと考えてる僕に林檎が続ける。

「ね、空港戻ろう」

「うん。疲れてない？」

「平気。なんかここ怖い」

堤防を降りながら辺りを見回す。そこにある民家も雑居ビルも人がいる気配がなくて、誰かがここに帰ってきたり通ってきたりしてるようにも見えない。

大きな高架の上を見えない車の音だけが通り過ぎていく。

僕らは来た道を戻る。かなりの距離があったように思ってたけど、遠足のときもいつも思うように、帰りは早い。足が痛くなっていたし林檎も大変そうだったから助かった。

林檎に誘われて僕たちは羽田空港の展望台に上がる。ベンチがあって、そこに林檎を座らせる。「ジュース買ってくるよ。何がいい？」「何でもいい。ちょっと待ってね。はい」と林檎は財布から千円札を出して寄越す。子供同士で千円札の受け渡しって初めてだ。「え、小銭ないの？」「多分足りないから」。小銭が少ないから、という意味じゃなかったんだろう。自販機が見つからなくて、僕はフレッシュジュースを売っているスタンドで３７０円も出して桃のやつと葡萄《ぶどう》のやつを買った。それぞれ他の野菜？だか果物？だか何だか知らない謎のカタカナのものとかがミックスされてるんだけどよく意味が判らない。アップルジュースもあったんだけど、林檎にこれは見せられないなと馬鹿みたいに思う。

　僕のジュースはあっという間になくなる。林檎が選んだ桃ジュースだって同じくらいの量しか入ってないはずなのに、女子は飲むのがゆっくりだ。「こっちもどうぞ」と言ってくれるけど「いい」と断る。やはり恥ずかしい。

　で、二人で離着陸する飛行機を眺めながら、林檎はきっと飛行機に乗ってもっと遠くに行きたいんだろうな、と僕は思う。が、

「飛行機だったらどこに行ってみたい？」

　と僕が訊くと、

「う〜ん。でも家族もいるし、東京でいいや」

　と林檎は言う。

「知らないとこって怖いし」

　とも。

　ふうん、と僕は何だか拍子抜けしたような……。

「戸ケ崎くんはどこ行きたいの？」

「俺？外国。ハワイとかニューヨークとか。ヨーロッパとか」

とか言ってみたけど全然そんな気しなかった。外国なんて興味まったくなかったし用事が生まれそうとも思えなかった。

ただなんとなく言っただけだ。

「ハワイとニューヨークは両方アメリカだよ」

と言って林檎が笑う。

「でも南の島と大っきな街で、全然違うけどね」

僕も笑いながら焦る。ニューヨークは知ってたけどハワイは一つの国だと思ってた……。

「お弁当どうしよう？」

羽田空港に思わぬ長居をしてしまったのでお腹も空いていて、僕たちは展望台から出てフードコートの片隅でこっそりお弁当を食べる。

それから東急多摩川線の下丸子《しもまるこ》駅に向かい、環八のそばに停めた二人の自転車に乗って、前日の道をのんびり調布へと戻る。この帰り道も短く感じるが、やはり暗くなるギリギリに着いて、ちょっと慌てた。二日連続で夕飯に遅れたらヤバい。

次の日の約束をしてなかったけど、林檎は来る。今度は多摩川を上ってみる。でも上りの方向は林檎は遠くへ遠くへって感じでもなくて、お弁当をゆっくり食べた後、戻ろうと誘うと素直についてくる。帰り道に思いついて、僕は明日のお弁当は僕が作ると言う。

「明日も遊んでくれるの？」

と林檎が驚いたふうに言うけど、なんて応《こた》えればいいのか判らない。

僕は母親が手伝いをさせてくれたので十歳を過ぎてからは包丁を使わせてもらってるし、一緒に大人がいるなら、と表向きされてるけど、コンロも使っていいことになっている。自分のお弁当の用意を手伝ったこともある。大体のことは判る。けど、実際自分だけで弁当を、と向き合ってみるとあっという間に途方に暮れる。そうして早起き分を無駄に過ごしているうちに普段の時間通り母親が起きてくる。で、しょうがないのでお弁当作りを手伝ってもらうことにする。

「デート？」

とニヤニヤ訊いてくるのがむかついて

「そういうこと言うんだったら手伝わなくていい」

と僕は言う。

「ごめんごめん。じゃあね……」

母親に手伝ってもらってもやっぱり林檎のお弁当みたいにカラフルな感じにはならない。ああいう紙のカップとかがそもそもうちには置いてないのだ。僕と弟だけだから。

別にそれを言ったわけじゃないけど母親も

「あ〜〜〜ん可愛くならないい〜！こんなことならもっといろいろ用意しとくんだった！」

と言っていて、ちょっと面白かったし、隣でそう嘆かれると、まあこれでいいんじゃないの？うちはうちだし、と僕は思えた。

林檎も喜んでくれた。

「わあ、凄ーい！美味しそう！これ絶対戸ケ崎くんだけで作ってないっしょ」

一瞬でバレる。まあ当然だ。

井の頭公園で弁当を食べて自転車を引きながら歩いてゆっくり調布に戻り、三月が終わる。

それから弁当は交替制になり、毎日自転車であちこちに向かう。多摩川下りで長距離に馴れ始めた僕たちは新宿御苑《ぎょえん》、代々木公園、と連続で行ってみたが、堤防と違って大きな道を走る間は会話ができなくて、やめる。四月三日はいよいよ満開になった桜を見るために再び野川に行って自転車を降り、堤防をゆっくり歩くことにする。知ってる奴が家族といた気がするけど気にしないで林檎とたくさん話す。四日と五日は雨だったから電車に乗って葛西《かさい》臨海公園と横浜に行く。両方水族館目当てで、水族館はどこのやつも似てるけど、どこでも楽しい。もちろん親にはそこまで遠出したとは言ってない。嘘《うそ》もついてない。ただ何も言っていないし、親もニヤニヤ僕を見るだけで特に何も訊いてこない。

でも次の日、春休みの最終日、二日続けての雨の日の外出のせいか僕は風邪をひいてしまう。

朝起きたら熱があって立ち上がることすらできない。起き上がろうとして再びベッドに倒れ込んだままぼうっとする頭で最初に思ったのは、ああお弁当僕の番なのに、ということで、

「今日はまず病院に行って、それからゆっくり寝てなさい」

と氷枕を持ってくる母親に

「お弁当作る」

とくり返し言って起き上がろうとするが上手くいかない。

「駄〜目。何言ってんの。今日無理したら明日から中学校なのに行けないよ？」

つまり今日で春休みは終わりなのだ。明日からは中学校で、他の皆もいるのだ。

「今日も何か約束してるの？」

と訊かれると、実はしていないのだった。僕らは僕と林檎の家の中間辺りにあるコンビニで朝八時から九時くらいの間で適当に待ち合わせて、その日の予定を決めていたのだ。

今は七時半。

「じゃあ九時に病院開くから、それまで寝てなさい」

と言って母親が朝ご飯を作りに向かって、僕は決める。八時にコンビニに行って、林檎に会って話してからすぐに戻ろう。大体八時半には林檎は来るから、九時には十分間に合う。コンビニまでは家から自転車で七分。五十分にはベッドを出て準備をしよう……。

が、僕は二度寝してしまう。

目が醒《さ》めたのは八時十五分。

焦ったけれど、まだ八時半には間に合う。僕はフラフラと立ち上がり、服を着替える。靴下を穿《は》き、帽子をかぶり、もうしばらく出してなかったマフラーを巻く。でもそこでクシャミと咳が出る。鼻をティッシュで拭いてるとシタシタとスリッパの音が近づいてきて、僕は隠れることもどうすることもできないままで母親がドアを開ける。

「わ。ちょっと直紀、どこ行くの」

「ちょっとコンビニ」

「駄目だよ。寝てなさい」

「待ってる人にちょっと話してくるだけだから」

「あ、やっぱり約束してたんじゃない」

「いや約束とかじゃないんだけど、いつもそうしてたから」

「いつもって、……毎日ってこと？」

「うん」

「……じゃあ、お母さんも一緒に行っていい？」

「駄目だよ」

と僕は即座に言う。ずっと僕と林檎だけだったのだ。誰かに間に入られるなんてちょっと、何て言うか、変だし、大事なことが駄目になりそうだ。

「待ち合わせ場所のそばまで一緒についてくだけだから」と母親が言う。「相手の子のところまで行かないからさ」

「いいよ。俺一人で大丈夫」

「それはなし。直紀は病気だし、そんなよろよろしてるのに道歩かせられないよ」

「自転車で行くから」

「なお危ないよ」と母親が少し笑う。「ね。タクシー呼んで、それに乗って待ち合わせ場所の近くで直紀だけ降ろしてあげるから、直紀だけその子に会って、それからそのまま病院まで行こう」

どうしよう？

「……あ、でもその子と、ちゃんと時間決めて待ち合わせてないから、いつ来るか判らないかも」

「あ、そう？じゃあ、お母さんタクシー降りて、適当に待っててもいいから」

「………」

「そうしよ？」

「……わかった」

そして母親の呼んだタクシーが家の前に来て乗り込んでコンビニから五十メートルくらい離れた場所にあるドラッグストアで二人とも降り、僕は歩いてコンビニに向かう。

「ここで買い物してるから。ゆっくりでいいよ。でも時間がかかっちゃったら悪いから、コンビニで何か温かいもの買いなさい」

と母親に渡された千円をポケットに突っ込んだ僕がコンビニに到着したのが八時三十八分。

微妙に遅れた。

でもコンビニの中に林檎の姿はない。

ああ良かったまだか、とホッとして、僕はいつも通り雑誌コーナーに行くけど立ち読みをするような気力はなくて、鏡を貼った大きな柱にもたれかかり、鏡の冷たい表面を頬やおでこに当てておく。

たまに目をつぶると眠い。

時計を見る。四十分。

まだ来ない。

僕はまた目を閉じる。足がガクンとなって目を開ける。寝ちゃってたのだ。時計を見る。でもまだ四十三分。

いつもよりちょっと遅いな、林檎も何かあったのかな、と考えながらガラスの向こうの狭いバス通りを眺めていると、四十八分になる。

待ち合わせがこんなに遅れたことはない。

ひょっとして林檎はいつも通りここに来て、でも僕がいないのを見てすぐに諦めて家に帰っちゃったんだろうか？でもどっちが先に来ても、お互い待ってたはずなのに……。

何分に来たのかは判らないけど、三十八分くらいだったら待ってくれてると思ってた。それが間違ってたのだろうか？

そうやってソワソワし出すと時間の流れは速くなる。ひょっとして僕と同じように風邪をひいて、林檎のほうはうちで寝たままになってるのかも。それとももしかすると今日は何かの用事ができて、うちに電話とかあったかも。あ、だとしたら母親の携帯に連絡が回ってそれを伝えるためにここに来るはずだ。でも来ない。そう言えば母親を結構待たせちゃってるなあ、と時計を見てるとあっという間に八時五十九分。それから九時ちょうど。さらに九時五分になる。

もう《いつも通り》から逸脱してしまったことだけは判る。

何かが起こっている。

僕はコンビニを出て通りを眺めてみる。林檎の家の方向に林檎の姿はない。逆方向には母親が待ってるはずのドラッグストアが見えるだけ。

足がダルくて苔《こけ》に覆われた低いブロック塀に腰を掛けてしばらく待ち、僕はコンビニに戻る。九時十三分。苔がズボンに滲《し》みてお尻が冷たい。

もうとっくに病院は始まっている。患者さんがたくさん並んでしまっているかもしれない。母親はイライラしてるだろう。でも僕は動けない。

昨日帰りに何か林檎言ってたっけ？明日は何か用事があって、とか明日は遊べないよ、みたいなことを？

そうやって振り返っているうちに九時二十二分。

店内でうろうろしている僕にレジにいた店員のおじさんが声をかけてきてくれたのが九時二十八分。

「おはよう」

「あ、おはようございます」

「いつも来てくれてる子だよね」

「はい」

「友達の女の子、待ってるの？」

「そうです。はい」

「今日はまだ来てないよ。おうちのほうに行ってみたら？」

「……あ、わかりました。すいません。ありがとうございます」

「いつもありがとうね〜」

と言って送り出されそうになってるけど、いつもありがとうと言われてもここで物を買ったことはないし、ここを出てからどうしたらいいかもよく判らないのだった。

「あ、あの」

と僕は咄嗟に言う。

「はい？」

「ちょっと、ここで何か買ってもいいですか？」

するとおじさんがにこっと笑う。

「もちろんいいよ。でも無駄遣《づか》いとかはしないでね」

「はい。あの、温かいものを、何か買います。そこで食べて、いいですか？」

出入り口ドアの脇に小さな飲食スペースがある。

「それはいいけど……？あれ？君、身体の具合、大丈夫？」

「……はい」

「………」

「ちょっとだけ温かいもの食べて、帰ります」

「そう。おうちの人は？君がここにいるの、知ってる？」

「知ってます」

「ふうん……？じゃあ、いいよ。好きなもの買ってくださいね」

「はい」

僕はふらふらと歩いて温かいドリンクの棚に向かう。ホットレモンが美味しそうだ。レジでお金を払い、飲食スペースのスツールに座ると、ガラスの向こう、駐車場の脇から僕の母親がこちらを覗《のぞ》いていて、僕に気付き、手を振ってくる。

僕もちょっと手を振り返すと、母親が小走りでやってきて、ドアをくぐるなり
「あれ？相手の子は？」

と訊く。

「まだ来てないみたい」

「えー。あ、そうなの？一度来て、直紀いないから帰っちゃったんじゃないの？」

「さっきお店の人が、まだ来てないって言ってた」

「あら……。どうしよっか。相手の子と話してるんだと思って待ってたけど、こういう状況なら、直紀風邪酷くなっちゃうし、お母さんもう病院行ってもらいたいから、

……相手のおうちに、行く?」

で、うちの母親と一緒に、今日は風邪で行けなくてごめんと謝るのか?

それは嫌だ。

「いい。いらない」

「でも……」

僕はまだホットレモンの蓋《ふた》を開けてもいない。これを飲む間だけでも猶予《ゆうよ》があるかと思ってたけど……。

「ちょっと待ってて」

僕はスツールを降り、レジのあのおじさんのほうに向かう。そのおじさんは大抵毎日お店にいるから、バイトの人じゃなくて、ここでちゃんと勤めてるか、店長さんだろう。

おじさんが近づく僕に気付いてにこりと笑う。

バッジには『店長　佐田《さた》』と書かれている。

「すいません」

「はい?どうしました?」

「あの、さっき言ってた、いつもの女の子なんですけど、……すいません、店長さん、しばらくまだこのお店にいますか？」

「え、はい、いますよ？」

「あの、その女の子がもしここに来たら、僕は今日ちょっと体調が良くないので、帰りましたと伝えてもらうの、できますか？」

「あ、もちろんいいですよ。でも気付いたらってことで大丈夫かな？時々お店の裏とか中に入ったりしなきゃいけないし、お客さんが一度にたくさん来ることもあって忙しいと、ひょっとしたら気付いてあげられないかもしれないけど」

「それでいいです。ありがとうございます。よろしくお願いします」

「うん。わかりました。風邪かな？病気、ゆっくり治してね。またのご来店、お待ちしております」

僕は頭を下げ、母親のところに戻る。

「いいよ。行こう」

母親も店長さんのほうに会釈《えしゃく》して、それからコンビニを出る。

「直紀、寒くない？」

「平気」

「ジュース、温かいうちに飲んじゃえば？」

「うん」

ホットレモンは温かくて美味しかった。バス通りだけど、タクシーはなかなか来なくて、僕はずっと林檎の家の方向の道を見てたけど、林檎は来なくて、タクシーは来た。

病院に行って帰ったらもうすぐ十一時で、林檎からの連絡などはない。やっぱり家には連絡なんて来ないだろうな、と僕は思う。僕を一番最初に呼び出すためのやつ以来、電話がかかってきたことはなかったし、それから全て、何もかもを僕たちは外でやって、外に置いてきたのだ。

それに、何か嫌な予感と言うか、変な雰囲気があった。

何かがおかしく、何かが起こっている、と僕はまた思う。

でも何もできることはない、と僕はベッドに入り、目をつぶる。

時間を、ただ過ごすしかないのだ。

僕は眠り、午後二時三十七分に目を覚ます。時計を見て、何が起こってるにせよ、それはもう半分くらいは過ぎているし、そのまま終わるのを待つしかないと思う。汗に濡れた服と下着を着替え、氷枕を入れ替え、ベッドに入り直し、僕は何も考えずに目をつぶり、夢も見ずに眠る。

午後四時二十三分に再び目を覚ます。頭がぼうっとしているけれども熱は下がり、身体が軽くなっているのが判る。

ベッドを出て着替え、洗濯物を持つ。さっき着替えた分はいつの間にかたぶん母親によって回収されている。部屋を出て洗濯機の隣の籠《かご》に汗に濡れた衣類を入れて、リヴィングに行くと、母親がキッチンでご飯の支度を始めていて、弟がテレビを見ている。

「あ、おはよう。どう？調子は。熱は測った？」

母親が言い、僕は首を振る。

「まだ。でも熱もうないよ。大丈夫」

「そう？お腹空いてるでしょ。今から直紀用のおうどん作ってあげるからね」

「あ、でもちょっと待って」

「どうしたの？」

「ちょっとあのコンビニ行ってきていい？」

「え。駄目だよ。まだ熱下がったばっかりなのに」

「すぐ帰ってくるよ」

「明日にしなさい」

と言う母親の声のトーンが落ちている。

「…………」

「気にかかるのは判るけど、今日じゃなくて明日でも同じ話が聞けるから。あのおじさん、店長さんでしょ？　きっと明日もいるし、今日のことちゃんと憶えててくれてるから大丈夫」

悔しいという気持ちも湧《わ》かなかった。あの店長さんに『来たよ。伝えといたよ』と言われても『来なかったよ。伝えられなかったよ』と言われても、良かったとか残念だとかいう気持ちは生まれるだろうけど、それは確かに、明日聞いたって同じく生まれるはずだ。

店長さんに林檎が何かメッセージを残してないか、あるいは林檎がどんな様子だったかだけでも知りたい、という思いもあるけれど、それも明日でいい。

それを聞いて、何か今日が変わるということでもないのだ。

今日何か起こっていたけど、それはもう終わろうとしている。

僕にはどうすることもできず、母親の作った鍋焼きうどんをすすり、こうして小学生と中学生の狭間の春休みも終わる。僕と林檎の二週間も消える。

四月七日は中学校の入学式で、林檎も来ているが、話しかけてはこないし、僕も話しかけない。ずっと二人だけで遊んでいたから、皆の中で林檎と話すっていうのは何か違ってたのだ。

　もちろん僕は前日のことが気になっている。何が起こったのか?どうしてすれ違ったのか?林檎はどうしていたのか?僕がどうしていたと思っているのか?いろいろ説明したり訊きたいことがあったから、二人きりになるタイミングを探していたけれど、中学生になった第一日目で他の学校の子とかと知り合いになったりいろいろ話しかけたりとかしなきゃいけなくて、せっかく同じクラスになったのに林檎の動向を捕捉し続けていられない。

　帰りにコンビニに寄って店長さんに林檎が来たかどうか確認したけど
「あ〜ごめん。夕方までお店にいたけど気付かなかったなあ」

　と言われて、

「そうですか。すいません。ありがとうございました」

　と言って帰ってきただけだった。

　昨日からそのときまでずっと不安だったけど、でもそれが途切れる。何かが壊れたとか損なわれたんじゃなくて、ただ終わったのだ。時間とか期間とかが、音もなく。もうどうしようもないんだな、と思ったことで、ちょっとホッとした。いろいろ思い悩む必要がなくなったから。林檎とは突然遊び出したので、突然それがなくなることも受け入れられた。裏切られたとか切り捨てられたとかじゃなくて、単純に終わったのだから、しょうがないし、別にいい。

で、僕は普通に中学に通い始める。最初のうちは林檎の存在を気にしたり目で追ったりしちゃってたけれど、そういうのもすぐになくなる。僕は新しい友達ができる。また男の子たちばかりと遊ぶようになる。同じ小学校の奴らでも春休みの僕の不在について気にしてる奴はほとんどいなかった。僕は少人数でべったりと遊ぶほうじゃなかったし、時々声を掛けられたら遊びに行くか、あるいはぶらぶらしていて誰かと出くわしたときにじゃあ何かして遊ぼうとなるか、そんな感じだったからだ。けど中学生になってからできた友達の藤井潤《ふじいじゅん》ってのとは何故かすんなりべったりになり、その藤井が僕といつも一緒にいるくせに他の奴とも仲良くやっていて、そういう才能があるのかなあと見てたら林檎にも話しかけたりし始めて、藤井を介すような形で再び僕も林檎と話すようになる。普通の学校の友達としての会話だ。中学入学前の春休みみたいな内容じゃないし、雰囲気も全然違う。その春休みのことにも触れないし、別に僕も気にならない。林檎も混ぜて他の男子とか女子とわいわいつまらない冗談とか言ってギャーギャー笑ってるうちに林檎と二人きりで遊んでいたことなんて現実に起こったことのような気がしなくなってくる。

で、《パンツーマル見え》が起こって告白したときも、その春休みの思い出を土台にしたつもりはなかったはずだ。と言うか好きだという気持ちだけがあって、理由とかは考えてなかった。

もちろん林檎が僕にとって特別な女の子であったことは間違いなかっただろうけど。

まあでもふられたし。

けど、よく考えたらそのときだって、あれー?俺ってこいつにとって何だったんだろう?俺と二人だけで遊んだ二週間弱は何だったんだ?お弁当作り合った仲なのに……みたいな気持ちは全くなかったから、あの春休みが僕の中でちゃんと終わっていたことは確かだろう。二週間という時間は二週間に過ぎなくて、それから一年以上経っているのだ。

でも良かった。自分の好きという気持ちがそういう小さな出来事とか個人的な思い出にすがるような感じじゃなくて。

こうして十四歳になってみると僕はあまり恋愛感情に対して照れとか恥ずかしいとかがないので、親しい女の子がふざけ半分からかい半分で

「戸ケ崎くん林檎ちゃんに告白したって本当?」

と訊いてきても隠さない。

「うん」

「マジで?どうなったの」

「ふられたよ」

「えー残念だね」

「うん。でもしょうがないよ。でも何で知ってるの?」

「えーだって皆知ってるよ。あんた告ったとき一応廊下の奥連れてったけど、普通に皆廊下にいたから声とかほとんど聞こえてたもん。それに、あんた堂々と呼び出したりするから注目浴びてたし」

「そうだったのか……」

「林檎ちゃんが断ったのも恥ずかしかったからかな」

「違うよ」

と僕は言う。パンツを見られた相手だから無理なのだ。でもそれは言わないけど。

「戸ケ崎くん自分の恋心に何でそんな堂々としてるわけ?」

答はない。「堂々としてるわけじゃなくて、普通にしてるだけだよ。将来何になりたいかとかと同じで、自分の気持ちってどうせ外に出してくものじゃん。上手くいかないこともあるだろうけど、でも頑張るし、別にこそこそ頑張らないだろそういうことで」

「あはは！将来の目標と一緒なの〜？つか不安とかないの？ふられたりとかしたら怖いじゃん」

「もうふられたって」

「あはははははは！面白い！」

何がだ。

とにかくこういう女の子に面白がられてる場合じゃないので、こっそりする必要は感じてないけれども、もし林檎に恥ずかしいとかそういう気持ちがあるのだったら必要がありはするわけで、僕はちゃんと林檎と二人きりの機会を作って言う。

「今日俺、自分の恋心に堂々としてるのを笑われたけど、ふざけてるわけじゃないし、もちろん鹿野さんのことからかってるわけでもないから」

するると林檎が微笑みながら言う。

「知ってるよ。戸ケ崎くんはそういうことする人じゃないもんね」

「判らないけど、うん、良かった」

「戸ケ崎くん、でも私、少し恥ずかしいから、皆の前で呼び出したり、控えてくれる？」

「わかった」

「あと、ごめん。こういうふうに告白って言うか、好きだって言ってくれることも、ありがたいんだけど、困る」

「そっか。ごめん。どうしたらいい？」

「う〜……ん……」

「伝えたいって気持ちはあるから、できるだけ我慢して、ここぞというときにだけ伝えるよ」

「……うん、まあ、それでいっか。でもさ、戸ケ崎くん、私のことばっかりじゃなくて、部活とか勉強とかも、しっかり頑張ってね？私知ってるよ。戸ケ崎くん野球も得意だし、頭良いよね」

と林檎に言われて僕は集中することにして、中三の夏、キャッチャーで六番で都の大会で三位になり、模試で全国百位以内に入る。結果は親にも教えない。学校でのテストは適当に加減している。僕は林檎と同じ高校に行くつもりだったので、余計な波風を立てたくない。僕の成績と気持ちを知っていたのは藤井だけだ。藤井が「面白えから俺も同じとこ行こ」と笑ってたのは冗談じゃなかった。僕たちはそろって無事調布中央高校に合格する。

「戸ケ崎くんさ、」と林檎が声をかけてくる。「ひょっとして、私と同じ高校に行くためめに、もっと頭良い高校に行けたのに、蹴ってない？」

「うん」

「……え、それってどっち？」

「蹴ったって言うか、他のとこは考えてなかったよ」

「そっか。ねえ、私、戸ケ崎くんのそういうの、重いんだけど」

「ごめん」

「……でも全然離れようとはしないよね」

「そうだね。ごめん。好きな人と一緒にいたくて」

「あのさ、申し訳ないけど戸ケ崎くんの好き好き私まったく信じられないし、戸ケ崎くんのこと好きになることもないと思う」

「そうか」

「だから私、これから誰か他の人と付き合うかもしれないし、そういうの見てショック受けたりしないでね」

「……ショックは受けるかもしれないけど、それを鹿野さんに見せないよう頑張るよ」

「もう……戸ケ崎くんってどっかおかしいんじゃない？ちょっと異常なところあると思う。どうして私に固執するの？」

それはたまに林檎が僕に言う台詞だった。

「前にそう指摘されてから、僕は精神科のお医者さんに相談してみたよ。特に問題はないから、病気ということにはならないんだって。でも鹿野さんが傷ついたり苦しんだりするようだったらそれは問題になるわけだから、そのときは必ず何とかするよ」

「何とかするって、どうするの？」

「鹿野さんが苦しまないように、治療に通うよ」

「治療って……病気なの？」

「鹿野さんを酷く苦しませ続けるようならね」

「………」

「そうじゃないなら、恋愛感情ってことでいいみたいだけど」

「もう……私が苦しんでたら、病院に行っちゃうの？」

「うん。それはそうするよ。苦痛を長引かせてしまうようならね」

「馬鹿じゃないの?諦めればいいじゃん」

「自分じゃ諦められないからさ」

「馬鹿だなあ」

と言って、すっと僕のほうに一歩踏み込んできて、林檎が僕の唇にキスをする。誰も見ていない校舎の裏の片隅で、その一瞬、僕は思い出している。

林檎は皆のいないところでは僕にくっついてくるんだよな。

意表を突かれてはいたけれど、自然に林檎の唇を受け入れて、なのに言葉は出てこない。

「また高校でね」

と林檎自身もちょっと驚いていると言うか困ったような顔で言って立ち去ってから、僕はようやく今起こったことについて混乱し始める。

さあてこれにはどういう意味があるのか?突発的な事故みたいなものか?それとも何かの前兆だとか?大きな出来事の始まりだろうか?あるいはもう既に過ぎ去った気の迷い、気まぐれ、何かの間違いだろうか?

もちろん答はない。

また林檎はいつも通りに戻り、僕はすぐに諦める。《普段》バージョンの林檎からは何も教えてもらえないのだ。とは言え柔らかくて冷たい感触が唇に残っていて心が乱れるので、とりあえず僕は結論づける。僕のことを好きだったらそう振る舞ってくれるはずで、そうしてないってことはそういう意味ではないのだ。それは別の何かを表していて、それが僕を好きということじゃないなら、別の何かなんてどうでもいい。

考えるだけ無駄だ。

運動と勉強への集中に戻ろう。

それからすぐにやってきた卒業式の日、なんとなく僕は期待してしまっていたが、林檎はやってこない。

林檎が同じクラスの男子に告白されたという話も聞こえてきたけれど、断ったそうだ。

「気になる?」

と藤井がニヤニヤ笑う。

「別に」

と僕は言って気がつく。これってキスをしたから余裕があるとかじゃもちろんなくて、あれは好きのキスじゃないから林檎が誰かを好きになって付き合うとかも当然ありえるし実際キスの直前にもそんなふうに宣言されてるわけだけど、どうやら僕はそれに対して危機感とか嫉妬とかを感じていないらしい。それは起こるかもしれない、というだけで終わりだ。どうしてだかは判らない。

春休みが始まると林檎との接触も途絶え、春休みが終わって高校に入学し、僕は野球部には入らない。高校野球はお金がかかるし、練習時間も増えるし、僕はバイトをしてみたかったのだ。

まずは林檎を誘う。

「えー戸ケ崎くんどこで働くの？」

「鹿野さんと同じとこがいいなと思って。鹿野さんバイト興味ある？」

「あるけどしばらくはちょっと無理かな〜。高校始まったばっかだし、部活とかも覗いてみたいし」

「そっか。もし鹿野さんの興味のある業種とかあれば、……」

「でも私、戸ケ崎くんと同じとこでバイトしないよ？」

僕を遮るようにして林檎が言う。

「そう？」

「うん。だから戸ケ崎くん自分の好きなところで働けばいいじゃん」

それが林檎と一緒の場所ってことだったんだけどな、と思いながら次に藤井に相談する。

「どこでもいいから飯が出るところにしようぜ。俺美味しいご飯食べたい」

と藤井が言うので、僕たちは仙川《せんがわ》にあるイタリアン『パリアッチョ』で働き始める。藤井の姉の優《ゆう》さんがシェフの三番目に偉い人で縁もあったのだ。厨房の中で皿洗いとかさせられるんだと思ってたらウェイターだった。

キッチンは料理人の場所で、皿洗いも他の人間は手を出せないらしい。フロアも基本はその専門職に就《つ》いてる人がやるのだけれど、中三のときに藤井がお店のパーティに顔を出したときにマネージャーに気に入られて高校生になったら是非バイトに来いと言われていて、僕と一緒だったらという条件を出していたらしい。

「でも別にそこでやる必要ないよ？」と藤井は言う。「姉ちゃんとかいるの面倒臭いし。もっと美味そうなとこあればそっち行こうぜ」

藤井と二人でランチに来てみる。美味しい。まともなイタリアンなんてほとんど食べたことないからちゃんと比較できてるかどうか判らないけど、決める。

藤井と二人で講習に通い、制服を渡され、料理の名前と内容を憶え、料理と酒を運ぶ。

「二人とも背が高いし立ち姿が綺麗だね。運動してた子は違うなやっぱ」

と優さんが言う。

落ち着いて、慌てずに、ニコニコしながらゆっくり喋り、すっと出してさっと下げる。

藤井はお客さんの中にファンっぽい人がちらほら出来ていく。彼女もいないし作ろうとしていないので僕とできてるんじゃないかって噂になる。何でだ。

「僕は好きな女の子いますよ」

と言うとスタッフの人たちが盛り上がる。

「知ってるよ〜。小学校からの同級生でしょ。林檎ちゃん。一途《いちず》に思い続けてるんだよね」

と優さんが言うと女の人たちがキャーと高い声をあげ、優さんが僕を見て笑う。

「動じないね！」

え？僕を動揺させようと思ったってこと？「……言われた通りですから」

「でも私は戸ケ崎くんのそれ、本当の恋愛だとは信じらんないけどね！」

「？何でですか？」

「だって小学校の頃から好きとかでしょ？若いどころか幼いよ！本当の恋なんて絶対判ってないって！恋愛ってのはさあ、もっとこう、なんつうの？もっとぐちゃぐちゃしてるもんだよ！」

「うーん……」

大ざっぱな表現になるんだろうけど言ってる意味が何故かちょっと判る分、困る。

藤井が僕を見てニヤニヤ笑っている。

「うぜー姉だし放っとけよといつもなら思うけど、いいぞもっとやれ」

優さんは弟を無視して続ける。

「初恋って話なら判るけどね。戸ケ崎くん何回も告白して全部断られてるんでしょ？初恋なんてそんなふうに必死にしがみつくもんじゃないよー。とっとと諦めて次の恋を探しな！」

「今好きなものを次なんて探せませんよ」

「今の好きなんて本当の好きじゃないから大丈夫。探さなくても出会いの中で見つけられるから大丈夫。好きかどうか判らない相手でもとりあえず付き合っちゃえばいいんだよ。駄目だなと思ったら別れちゃえばいいんだし！」

するとと周りからは「ひでー」って声が上がるけど優さんは気にしないみたいだ。

「言葉にすると酷いけど、普通だよ。皆が皆、いちいち大恋愛とかしてるはずないじゃん。適当な大体なとこで決めて、実際の付き合いの中からだんだんと気持ちが育《はぐく》まれてくもんなんだって。思い出も溜まるし気持ちも揺さぶられるしさ。そんでなんとなく『あ〜この人と付き合って良かったな』から『これは運命の出会いだったんだな』に変わってくの。男も女もたくさんいるからね。そん中で気が合って長く付き合えるんだから、まあそりゃ運命の出会い感も高まるよ。当然だよ。そんで別に間違いはないし、事実運命なんてそういうことだよ」

スタッフの皆がう〜むむむ……確かに言う通りなのだけど身も蓋もないなあ……みたいな顔をしていて、藤井だけが相変わらずニヤニヤしている。

「大恋愛とか運命の出会いとかは僕には関係ありませんよ」

と僕は言う。

優さんが僕をまっすぐ見る。

「ただ好きで、他に代わりがないだけです」

優さんが言う。

「偽物だよ。それをはっきり指摘できる部分もちゃんとあるよ」

「何ですか？」

「いいの？多分ショックだよ」

「いいですよ。もし自分の気持ちが偽物だとしたら、それ知ってたほうがいいじゃないですか」

「ふうん。じゃあちゃんと責任とってあげるからね。覚悟はいい？」

「どうぞ」

「戸ケ崎くんさー、林檎ちゃんに好きだ好きだ言ってるらしいじゃん？でもそれって気持ちの表明に過ぎないでしょ？戸ケ崎くんがそういう気持ちなんだってことは疑いようがないよね。その言葉には嘘はないと思う。言葉は本物。でも気持ちのほうは偽物だと思う。何故そう言えるのか？いい？」

と優さんはちょっとだけ間を置いてから続ける。

「戸ケ崎くん、林檎ちゃんとどうしたいかがないじゃん。どうして付き合ってくれって言えてないの？好きだ好きだ言ってるだけでじゃあどうしたいのかがないなんておかしいよ。付き合いたいがない好きなんて偽物じゃん！」

周りでうお〰〰〰と声が上がる。

僕も皆と同じようになるほどと思っている。

「確かに……」

と僕が言うと、優さんが肩に手を置く。

「な？」

満面の笑みで言われて、僕も思わず噴き出す。ぶーっ！

「あははははは。ふふふ。僕の違和感の正体がそれですね、きっと。ふふ。どうしていろいろ平気なんだろうと思ってたんですけど。ふふふふ。そうかそうか」

「ショックだったよね。ごめん」

「大丈夫です」

「大丈夫じゃないよ」

「………」

「責任とってあげるからね」

「？……どういう意味ですか？」

「戸ケ崎くん、私と付き合おう」

だ――――――――――――――――――――!!!

人生で一番ビックリする。度肝抜かれた。

皆も「ちょちょちょ優ちゃん何言ってんの」「狂ったか」と慌てている。

優さんは僕と藤井より五つ上で今年二十一歳。高一のときに学校を中退してイタリアに渡って三年間、さらにスペインでも一年間修業して去年帰ってきたらしいけど……。

「何言ってるんですか。あはは」

「冗談とかじゃないよ。いいじゃん。付き合ってみようぜ」

「え〰〰〰?」

「失礼だな。それにえーとか言ってる場合じゃないでしょ。戸ケ崎くんこのままずっと偽物の気持ちに囚《とら》われたままで人生無駄にしていくつもり?」

珍しく取り乱した藤井が言う。

「油断も隙もねえな姉ちゃん。オラさすがにビックリしたぞ」

「悟空《ごくう》っぽく言わないで。大事な話してるんだから」

「淫行寸前なんだけど……」

「真面目な恋愛だから大丈夫」

え?

僕は訊く。

「僕のこと好きなんですか?」

「これからね」

「今は?」

「可愛いし、いいなと思うよ」

「はあ……」

「リアルでしょ？」

「別に、さっきの話を実践してみせてくれる必要ないですよ？」

「そんなために付き合おうとか言わないから。ま、こっから先は当事者だけで進めようか。ごめんねこんな公開告白みたいになっちゃって」

「や、あの……」

大丈夫ですよ、僕は恋愛感情を表に出すことに照れとかないんで……と言おうと思ったけど、言えない。

僕は恥ずかしい。顔も熱い……。

不思議だ。自分が言うことと言われることではこうも違うものなのだろうか？

で、それからすぐ後に優さんと二人きりで話す。僕は言っておかなきゃいけない……と言うか、相談しておきたい話がある。藤井にも話していない林檎との話だ。林檎の母親による暴行事件、林檎と二人だけの春休み、その最終日のすれ違い、そしてもう八ヵ月前になる卒業前のキス。これらを知らないせいで僕と林檎のことをちゃんと把握《はあく》できてないんじゃないかと思ったのだ。僕の好きを偽物だと真に喝破《かっぱ》するためには、事実と現状をあまねく知ってからでないと、と。

「ふうん……結構隠された過去があるね」と優さんが笑う。「でもどこにも好きはないね、少なくとも今は。まともな恋愛感情がないのに、何故か関係だけがもつれつつ延命してるような印象だなあ」

「どういう意味ですか？」

「多分だよ?私が思うに、二人で遊んだ春休みのとき、林檎ちゃんは戸ケ崎くんのことそれなりに好きだったんじゃないかな。だから遊びに誘ったし、いろいろ連れ回してたんだろうね。でもそれはその春休みのうちに破綻して、終わった。何があったか具体的なことはもちろん判んないけど、林檎ちゃんは戸ケ崎くんのこと好きじゃなくなったか、本当は好きじゃないと気付いたんだろうね。結果は同じ。とは言っても、出会いからしても、やっぱ戸ケ崎くんが林檎ちゃんにとって特別な人間なのは確かだね。キスまではできるくらいにね」

「………」

「これは想像だけど、……林檎ちゃんは、皆が思ってるよりもずっと、自己評価の低い女の子になっちゃってるんじゃないかな。実のお母さんがちょっとおかしくて、暴力をふるってて、言い方は悪いけど、皆に迷惑をかけまくってそうだしさ。だから、自分のことを助けてくれて、好きだとまで言ってくれて、その上それをくり返しくり返し言ってくれる戸ケ崎くんが林檎ちゃんのスペシャルになってしまうのも当然かなって感じ。はは、つまらない図式への乱暴な当て嵌めごめんなさいってとこだね」

「う〜ん……」

「いいじゃん。恋愛感情がお互いにないんだったら、恋愛関係を求める必要がないんだもん。戸ケ崎くんは林檎ちゃんの友達になればいいの。とっても特別な友達にね。これからもずっと戸ケ崎くんに好き好き言っててもらいたい、みたいな我儘《わがまま》林檎ちゃんが言い出したら、それはもう友達としても付き合いきれなくなっちゃうだろうけど」

「……なるほど」

「って、ふ、戸ケ崎くんさ、私が言うこと真に受け過ぎないでね？戸ケ崎くんの気持ちだって、私は適当言ってるかもしれないんだよ？林檎ちゃんのこと、本当は本当に好きかもしれないじゃん。初恋なんだから、付き合うっていうステップが上手く思い浮かばなかっただけかもしれないし」

「ええ……？」

「あはは。自分の気持ちでしょ。しっかりしてよね。あのさ、私も直紀って呼んでいい？」

「え、うん」

「やった！潤が直紀直紀って呼んでるからずっと羨ましかったんだ」

優さんは顎《あご》が細く尖《とが》っていて、黒髪がつやつやで、お店では首の後ろできゅっとまとめていて、それをほどくと跡《あと》も残さずまたまっすぐに広がって、まるで柔らかくて長く黒い針みたいだ。肌の色が白くて唇がピンク色だ。

「優さん、あんまり弟に似てませんね」

「それって綺麗ってこと？」

「えっ……あ、そうなのかな？」

どうして僕は恥ずかしがるのか？

「で、どうする直紀。付き合ってくれるの?私、交際申し込んだままなんだけど」

「あ、……すいません。ちょっと時間もらっていいですか?ちょっと急な話で、整理できなくて」

「整理なんていいよ。でも確かに急だから、少し待つね。でもさ、直紀、林檎ちゃんのことを片づけてからみたいに考えてくれなくていいからね?林檎ちゃんへの気持ちはとりあえず今のままでいいから、とにかく私と始めてみようって言ってるんだからね？」

「あ、はい。わかりました」

わかってなかった。

僕はこれまで好きだと言っていた自分が他の女の子と付き合いだすということに罪悪感に似たものを感じていて、さらに愚《おろ》かしいことに、林檎には藤井優と付き合い始めそうだということを伝えておくのが礼儀だと思い込む。

人生の決断に完全な間違いや完全な正解はあるのだろうか？

「駄目だよ。絶対駄目」

と林檎が言って、どういう権利があってこの子はこんなことを言うんだよ……と思いかけていたら、

「そんなのやめて私と付き合おうよ」

と言われ、僕は世界がひっくり返って目眩《めまい》で吐きそうな気持ちになる。

「どうして？」

とかろうじて僕は言う。

「どうしてって訊きたいのは私のほうだよ。戸ヶ崎くん、私のこと好きだって言ってたじゃん」

「そうだけど、たぶん間違えてたんだよ」

と言って僕は優さんから指摘された内容をくり返す。優さんからのオファーの経緯

も。

　すると林檎がふっと笑う。

「つまり、とりあえず付き合い始めれば気持ちはついてくるって言うんだったら、相手はその人じゃなくてもいいでしょ？私でいいじゃん。つか私であるべきじゃない？」

　ええ？「でも、鹿野さん俺のこと好きじゃないでしょ？」

「だから、好きは後でいいんでしょ？」

「いや、けど、最初の取っ掛かりと言うか、そっち方向に進むための気持ちみたいなのはあるの？」

「あのねえ、私、戸ケ崎くんのことは、他の人よりずっと好きだよ。恋愛感情に一番近いのは戸ケ崎くんだと思うもん。ずっとそれはそうだよ。そういうのわかってもらえてなかったの？」

「………」

「そういうのわかってくれてると思ってた。ごめんね、ちゃんと伝えきれてなくて」

「え、いや……」

　僕はどうしたらいいのかあっという間に判らなくなる。

林檎は続ける。

「正直に言うね、私にとって戸ケ崎くんはとっても大事な人だし、特別で、代わりの人はいないの。他の人にとられたくないの。それだけははっきりしてるから。絶対他の人のこと好きになってほしくないし、他の人のこと見てほしくもないくらいなの。ごめんね。戸ケ崎くんの恋路とか気持ちとか邪魔したいわけじゃないんだけど、ここかなり重要な瞬間だと思うから、本気でいくね。私と付き合ってみようよ、戸ケ崎くん」

僕は困る。どうして今僕は一人なんだ……誰かに相談せずに決めていいのか？判らない。とにかく林檎が言ってるように、林檎でもいいはずだし、林檎であるべきだという気がする。

「じゃあ、まずは、藤井の姉ちゃんに話して、断ってくるよ」

「断ってから私と付き合うってこと？」

「うん」

「その人に邪魔されないかな……」

「？邪魔なんてしてこないと思うよ」

「私と付き合うってこと、ちゃんと言えるの？」

「うん。もちろん」

「心配」

「大丈夫だよ」

「……私、戸ケ崎くんの大丈夫って好き」

「え？」

「ホッとする。じゃあ、ちゃんとしてね」

「うん」

「あ、ごめん。今ここでって感じでもいい？」

「どういうこと？」

「携帯で、電話とか。ごめんね。私の知らないところで戸ケ崎くんに他の女の人が付き合おうとか言ってるとことか、考えるだけで怖い……」

「そう?じゃあ、ちょっと電話してみるよ」

林檎の前で僕は携帯で優さんに電話。つながる。けじめのつもりで優さんと付き合う前に報告だけしようと思ったら林檎に付き合おうと言われ、優さんの言う理論にも適《かな》っているし林檎と付き合おうと思っている、と説明すると、

「あはは。凄い展開じゃん。そっかー。そう来たか。じゃあ、上手くいくといいねって感じかな?頑張ってね」

と優さんはあっさり言う。僕は何だか拍子抜けしたような寂しいような……。

林檎が僕のことを見つめている。

「ありがとうございます。じゃあ、またパリアッチョで」

「うん。でもしばらく私には話しかけてこないでね」

「え、あ、はい。わかりました。ごめんなさい」

「はい。じゃあね」

電話を切り、僕は林檎を見る。

「終わったよ」

すると林檎は微笑《ほほえ》んでるような泣きそうになっているような顔で言う。

「ありがとう。ごめんね私の我が儘で、急にこんな話させちゃって……」

「いや、いいよ。鹿野さんが不安だったりするほうが避けたいから」

「あはは。優しい」

と言って林檎はしばらく黙り込む。小さな公園で、ベンチが一つあるので、そこに誘って座る。

それからも何も言わずに考え込んでいるようなので、

「どうしたの？」

と訊いてみる。

僕と付き合うことになったことを、早くも後悔しているんだと、内心僕は思っている。

しかし林檎は言う。

「この恋をちゃんと続けていくために、壊さないようにするために、どうしたらいいかを考えてるの。悪い予想ばっかり出てくるし、リアリティがあるから、それを全部避けるためにはどうしたらいいか、今のうちに対策を立てておくべきだと思うの。私、本気だから。これ嘘とか間違いとかにしたくないから」

そして僕は林檎の次の言葉を隣で待っている。公園には小さな滑り台とブランコが並んでいる。砂場もあるけれど、ここ数年間誰も使っていないように見える。名前の知らない背の低い木が立っていて、緑色の固そうな葉っぱがたくさんついていて、昨日の雨がまだ雫になって葉っぱに載っかっていて、それが曇《くも》り空の隙間から太陽が覗くたびに少しだけキラキラする。その木の根っこのそばに、誰かが置き忘れてとりにこないままになったっぽいオレンジ色のスコップが落ちている。どこかを見るたびに喜びと悲しみが入れ替わる。僕は自分が今ぼうっとしているなと思う。何かを考えるべきなのだ。でも何も考えられなくて、林檎の横顔を見つめて、そうしていると優さんの言葉が浮かんできて、思い返していると、あることに気付く。

僕は最初の一歩をまだ踏み出してすらいないのだ。

「林檎、僕と付き合ってくれる？」

林檎が僕を見て、頷く。

「ありがとう、言ってくれて。うん。よろしくお願いします。こんな私で、……ごめんね。私、本当に頑張るから」

頑張ろう、と僕も思う。

頑張ってね、と優さんも言っていたのだ。

林檎が目に涙をためて言う。

「まだどうしたらこれが上手くいくのかよく判らないけど、一つだけお願いね。私のことを、何しても大丈夫、みたいな可愛がり方はしないでね。私、君のそういうのが凄く怖いの」

おそらく愛するというのは、そういうやり方では駄目なのだ。

ほにゃららサラダ

ビンちゃんが高槻《たかつき》くんのことをワカメのっけたゆで卵みてーだなーと言った。私とビンちゃんは学食のテーブルで二人で座っていて、二つ前の隣、桂馬《けいま》のテーブルにいる高槻くんたちを私がぼうっと眺めてるのに気付いてビンちゃんはちょっと茶化したのだ。ビンちゃんが上手いこと言うのでちょっと笑ってしまった。

「ちょっとやめてよー食べれそうじゃん」「こんなとこで見てても食べれねーよ」「いーもん」「話しかければいいのに。高槻話しやすいよ。たぶんセックスもしやすいけど」「えー全然考えらんない」

その後ビンちゃんの彼氏の話題に移っていったから何となく曖昧《あいまい》なままだったけど、私が言った『全然考えらんない』が《高槻くんをセックスに持ち込むのが簡単だなんて思えない》か《ちょっと水を向ければ高槻くんはセックスに誘ってくるような子には見えない》か《高槻くんとのセックスなんて考えられない》かビンちゃんはどう取ったんだろう?私自身もどのつもりで言ったのかよく判らない。そういういろんなえー無理無理って気持ちがワッと出てきて、まとめて言った言葉だから、つまり全部言ってるんだけど。

　高槻芳雄《よしお》くんは背はまあそんなに高いってほどじゃないけど痩《や》せていて色が白くて黒髪が短くて多くてまっすぐのさらさらヘアーだからワカメみたいにビロビロとはしてないけど肌が白いせいと顔が小さいせいで黒髪が目立っていてそんなふうに言いたくなるような感じも判る。ビンちゃんは高槻くんのことをダサいだの安野モヨコの漫画に出てきそうだのと言う。安野モヨコ云々《うんぬん》はよく判んないけど確かに高槻くんは今っぽい髪型もしてなくておぼっちゃまみたいだしシャツもチェック柄《がら》が多くて私もビンちゃんもそんなにファンじゃないしビンちゃんが「なんかあいつって『高槻☆よしお』って星マークが入りそうなんだよな」って言って名前をひらがなに開いて机に書いたときあまりの的確さに私は爆笑してしまったけど、なんかいいのだ。実際他の女の子たちも凄《すご》い興味ありげだしまとわりついてる子たちも結構いる。だから高槻くんは誰かと適当にセックスしてるのかもしれない。けど彼女らしい彼女はいないっぽい。

　私もビンちゃんも高槻くんも美大の一年生で、まだアートってより人との出会いに忙しい。面白い子がたくさんいる。芸術系に来れて良かったなあと思う。でも常にどこかつまんない。ずううっと、息をしている間中つまんない。なぜなら芸術なんてどうせ私たちにはできないからだ。うまい絵は描ける。見たことない造形だって作れるだろう。グループ展や個展を二週間もたすことはできるかもしれない。ひょっとしたら誰かが十万円くらいで私たちの誰かの絵を買ってくれるかもしれない。『美術手帖』に載ったりしたら最高だ……ってあれ？いつの間にか限界の話から理想とか夢を語り出してるけど、でも理想の最上限ですら『美術手帖』なのだ……。どんだけぬるいんだよと芸術関係ない人は思うかもしれないけど、物凄い広い裾野の中から『美術手帖』みたいな権威に取り上げられるってのはほとんど奇跡みたいなものなのだ。漫画を描いてる人間が『週刊少年ジャンプ』に連載を持つようなものだ……ってそっちの方が大変か？よく判んないけど、そんなのちゃんと比較するのが面倒なのは私には関係ない話だからで、私はこの諦観《ていかん》の中で私の内心の『でも何かを成し遂げたい。何者かになりたいんだー！』っていうのをどうしたらいいんだろう？

美術とか本気でやり出したりしてうちら人生終わってるよね完全に路頭に迷うよね興味持った時点で不幸始まってたよね普通の人になりたいよーとか一緒に言ってるビンちゃんが

「でも本当にちゃんとやってる人は自分に迷いがないよね。や、あるんだろうけどさ。どっかで自分がうまくいかないはずがないって思ってるよね」

と本当のことを言うのでもうやめてよねそんなことここで言っても逃げ場も落としどころもないんだけどと私は笑う。

「そういうのが馬鹿じゃなくて才能ってことかな」

「や、でも才能なくても思ってたりするからね馬鹿は」

アハハハハ！と笑うビンちゃんは可愛い。細いしちょっとほくろが多いけど顔も綺《き》麗《れい》で目が大っきくて歯並びも綺麗なので、絵描きなのにときどき写真のモデルを頼まれたりしてる。

うーんいかにも美術やってる若い子っぽい痛い会話だなと我ながら思うけど、いかにもな会話を素でやっちゃうものなのだ実際にその立場に立つと。それにこういう自分たちは特別、みたいな自意識って仕方ないものでしょう？だって何が芸術なのかは判るんだもん。つまらないものと面白いものの区別がつくんだもん。そういうのができない人をどうしても軽んじてしまうのは、もちろん人間としては慎まなきゃいけないのは知ってるけど、でもしょうがないものでしょう？

とは言え大丈夫。私自身も面白いものの作れないつまらない人間で、芸術家になんかなれっこないのにしがみついていて、まだ学校に入って一年目なのにそんな結論を出してしまうほど頭が悪くて、そういうのを全部知ってるけどどうしようもないよと思ってしまう覇気《はき》のない馬鹿なのだ。あーあ……。こういう根本的に気力が少ない感じ、どうしたらいいんだろう？

絵を描いてるときだけはそんなふうには考えない……と言うか、何も考えてない。描かなきゃいけない線や置かなきゃいけない色が目白押しの順番待ちで手を動かすので精一杯なのだ。それで描き終わった絵を見てがっかりするだけ。

描き終わった、っていう達成感しかない。

何て言うか、こんなふうに言葉にすると本当に馬鹿がバレるけど、あ〜こんなの美術史に絶対残んないなと本気で思うのだ。私は芸術にいろんなものをもらってるのに、私は芸術に対して何の影響力もないし、差し出せるものを何一つ持ち合わせてないし、そうする資格すらないんじゃないかな、と。

あ、で、ビンちゃんはこう続ける。

「でも文藝科《ぶんげい》にさ、高橋《たかはし》くんって男の子がいるんだけど、彼なんかがそんな感じらしいよ」

「え？知らないその子。そんな感じってどんな？自分が上手くいかないなんて信じられねえ系？」

「そう。凄いよ。何か賞ももらえそうだってさ」

「もらえそうって何？」

「なんか新人賞の最終候補に残ったんだってさ」

「へえ。凄い。うちらと同い年？」

「たぶん」

「すげー」

って言いながら凄過ぎてあまり興味を持ちたくなかったのだが二週間くらいでビンちゃんが友達になって私のそばに連れてくる。

高橋領《りょう》くん。

がっちりしていて坊主頭で唇が厚い。スポーツマンっぽいのに口数も少ないし明るいって感じではなくてちょっと怖い。

「賞、取ったんだって」とビンちゃんが言って高橋くんに「おめでとう〜」と拍手。私も拍手。「凄いですね」「うん。でもこれからだから」。なんかそっけないし普通に怖い。「どんな小説なんですか？」「え」。って何で睨《にら》むの？「上手く要約できないんで、良かったら読んでみてください。六月発売の雑誌に載るんで」「あ、はい」と言ってから思い直して正直に言う。「あ、やっぱりごめんなさい。私あんまり小説って読まないんで、読めないかもしれません」。するとアハハ、と高橋くんが笑って、笑顔はちょっといいような気がする。

「読めないなら読まなくってもいいですよ。こういうのって読まなきゃみたいな強制になるとこちらも心苦しいんで。興味が湧《わ》いたらでいいですよ。それに、感想言わなきゃとかも思わないでくださいね。どうせ面と向かって悪くはなかなか言えないだろうし」

あ、フェアじゃん。こういうのいいな、と私は思い、ビンちゃんと三人で飲みに行っていろんな話をする。確かに高橋くんは自分の才能を疑ったことはないらしい。

「でも自分の才能が人に認められるかどうかは別なんで」

そうか〜。私はお酒が弱いのでちゃんと話をしたいのに酔っぱらい始めてわーわーつまんないことを言い出す。絵を描くのが辛いとか才能ってどうやって開発するのかとか。

「つか松原《まつばら》、絵を描きたいのか絵描きになりたいのかどっちなんだよ〜」

とすっかりタメ口になった高橋くんが凄い本質的なところをついてくる。

「何でもそうだけどそれをしたい奴とそれをする人になりたい奴がいて、それをしたい奴の方が本物だよな」

と私の答を待たずに言ってくれるのは高橋くんの優しさだろう。だってずっと私絵じゃお金が稼げないよとか歴史には残らないんだとかこういう場所で個展をやりたいとか携帯とかパソコンのデザインをプロダクトってことじゃなくてファインアートでやりたいとかお店出したいとか……空っぽの話ばっかりしてたから。

「うるせー私はオシャレに暮らしたいんだよ！」

とやけっぱちになって私は言うけど、この台詞《せりふ》だって微妙に本音があるような……。

うちっぱなしのコンクリートの床で天井がダクトむき出しになってたりして古いビルのリノベーション物件でラグ敷いてでっかいソファー置いてそこで仲間と集まってお酒を飲んでパーティとかしてイベントとか企画して面白可笑《おか》しく最先端にやりたいんだよ！みたいなことを喚《わめ》き立てると「松原面白えなあ」と言って高橋くんがゲラゲラ笑ってくれる。いい人だ。うっかり好きになりかけるけど

「高橋くんプロの作家になるのにまだ文藝科通うの？」

とビンちゃんが訊《き》いたとき

「うん。そしたら女の子食いまくりじゃん」

と高橋くんが言って私は本当にがっかりする。

「てめーふざけんな！」

バチーン！ビンタ。高橋の野郎ほっぺ押さえてよよよとなってやがる。

「女の子食うとか言うんじゃねえよ！」

って私も酔っぱらっててずれてるし、おかげでビンちゃんも高橋くんも笑って大した喧嘩《けんか》にならないけど、私は本当にむかついている。

その一件以来私たちは高橋くんと友達みたいになる。私は嫌なのだが高橋くんが近づいてくるしビンちゃんは愛想がいいし、最初はビンちゃん狙《ねら》いなのかな、それともビンちゃんひょっとしてこいつが好きなのかなと思って観察してるけどそんな感じでもないらしくて、普通に三人で飲みに行ったりとか。何か調子を合わせたりできないけど高橋くんの話は面白い。担当編集さんとの話とか次の小説の話とか。上手く言えてるかどうかよく判らないけど、ああ仕事なんだなって思う。何かを生み出してるけど、気取ったところがなくて、淡々と計画を立て進めていく感じ。文学についてどうこう考えてるみたいな話は一切出ない。と言うか芸術とか興味がなさそうに見える。

「高橋くんって芸術についてはどう思ってるの？」

と私は訊く。まだそんなに酔っぱらってはいないはずだ。なんか同じ質問最初の飲み会でもしたような気がするけど。

「え。芸術か〜。……ひょっとして松原芸術やってるつもりなの？」

っちょ！その侮辱《ぶじょく》的な質問、どう答えればいいんだよ！

「芸術、やりたいと思ってるだけだよ」

「あ、そうじゃなくて、美術を芸術だと思ってるの？」

あ、そうじゃなくてってどうじゃないのかさっぱり判んないけど「美術は芸術でしょ」と私は言う。「何言ってんの？」

「あれ俺もちょっと上手く言えてないな……。つまりさ、俺で言うと、小説を書くことは必ずしも文学をやってることにはならないのよ」

「？」

「他人から見るとそうかもしれないけど、俺の意識としてはね」

「どういう意味？」

「あーじゃあさ、名探偵って判る？推理小説に出てくるような」

「だから小説読まないって」

「でも金田一耕助とかは知ってるだろ」

「金田一少年しか知らないよ」

「お〜……ま、そんなもんか。でさ、その名探偵って称号と一緒よ。探偵をやることと名探偵であることとは別もんでしょ？つまり、本の中での役割は名探偵だけど、名探偵っていう仕事はないじゃん」

「でも名探偵って名乗ってるじゃん」

「え?あ、そう?」

「え?そうじゃない?」

「あーじゃあもう話こんがらがっちゃった。もういいや」

「何よー」

と言いながら私は何となく高橋くんの言いたいことが判る気がする。自意識の話だろう。絵描いてるからって芸術家気取るなみたいな。でも他人に向かって芸術家としてふるまったりするのは確かに格好悪いけど、私の言いたいのは一人で絵を描いてるときに何を気持ちの拠《よ》りどころにするか、つまり例えば高橋くんが一人で小説を書いてるときに自分の作品が芸術としてどうかとか考えるのか、認められるかどうか怖くないのか、芸術としての満足度はどれくらいあるのか、とかそういうことを訊きたいんだけどなあ……。

「高橋くんの小説、読んだよ」

とビンちゃんが言うと高橋くんがバーのカウンターでぎゅんと背を伸ばす。

「えっ!ありがとう!」

「面白かったよ」

「いやいやそりゃそう言ってくれるんだろうけど……俺のこと知ってる人の意見は参考にならないから」

「じゃあ私の批評は気にしないでね」

「う。批評と来たか……マジかよ」

「ふふ。批評だよ。失礼に聞こえるところがあっても怒んないでね」

「怒んないよ。傷つくかもしれないけど」

「あのね、ところどころいいんだけど、基本的には全体的に理に落ちてるって印象かな〜。この人はこういう人だからこうして、あのときはああいう状態だからああだけど、そうなるべきところに落とし込むためにそれは起こりました、みたいだし、そういうキャラがコマみたいにされてるとか予定調和な感じとかだけじゃなくて、はいはい冒頭でしてた話はここで効いてくるわけねとかここの展開を活《い》かすために先にこういうことが起こったのねとかそういうこともあるし。あとさ、最後に『悪《あ》しき造物主』って小説を主人公が台詞で引用するじゃん?どんなやっつけ仕事であれ世界をひとつ作るんだったら想像力が不可欠だ、みたいなさ。子どもを作ることを世界創造にかけてるってのは雰囲気がいいし上手く登場人物たちの慰めにもなってるし小説世界の希望にもなってるけど、私には言い訳に読めたんだよね。主人公のってことでもあるけど、誰より書き手の高橋くんのさ。その小説に書かれてる内容とは別に、世界の創造ときたら小説を書くことにももちろん通じるじゃん？で『やっつけ仕事でも創造力ってのは働いてるもんなんだ』っていうのは自己弁護にしか聞こえないでしょ。あとさ、まあ『悪しき造物主』なんて本実際どれだけ権威があるか知らないけど、最後にこういういかにもなうんちくとかをひけらかしてみせるのは、小説への自信のなさの表れだよね。箔《はく》をつけるだけじゃなくて自己防御とか。何か深いこと考えてるんですよーとか僕はいろいろ本を読んでて全部踏まえてますよーみたいな。主人公がそういうチャラチャラインテリな感じなら判るけど、そうじゃないじゃん基本的に。真面目なキャラなんだし、あそこは真心からのぐっとくる台詞で締めるべきだったんじゃないの？って普通に思ったよ。どんな台詞が良かったかは私にはもちろん判んないけど。それに、あの主人公が『悪しき造物主』なんて本をいきなり暗唱できるっていうのがそもそもリアリティないけどね。つか主人公がなんでそんな本読むんだっつのって感じ」

わービンちゃん凄い、と思って私は酔っぱらってうろ〜んとした目をさらににへえと曲げるけど、同時に結構言ってるけど大丈夫……？と思って高橋くんを見ると

『苦痛を笑顔で我慢する男』って能面を貼り付けたみたいになってる。

ぶ————っ！「ちょ、あはははは！高橋くん！大丈夫！一人の意見に過ぎないからさ！」

するとと高橋くんが怒る。


するとと高橋くんが怒る。

「ちょっと。今凄い本質的で、大事な批評を聞いたところなんだから、何何に過ぎないみたいな言い方で勝手に片づけないでくれる？それに、失礼だよそんな言い方」

えー慰めたのに……何で私が怒られるの？

やっぱり私と高橋くんは気が合わない。

その代わり高橋くんはビンちゃんを気に入ったようで、相変わらず三人でも飲みに行くけど、二人でも会ってるみたいだしだんだん二人のお酒に私がお邪魔してるみたいな感じになってくるけど別に付き合ってるわけじゃないらしい。

「何で？ビンちゃんって美人じゃん」と私はたまたま二人で電車に乗ってるときに訊いてみる。

「だって、彼女になっちゃったら前みたいに小説の感想ちゃんと言ってくれるかどうか判らないじゃん。……ビンちゃんなら平気かもしれないけど」

「そうだよ。ビンちゃんは優しくて厳しい彼女になるよ」

「まあでも俺なんて相手にならないよ」

「えーそうかな……。じゃ、例えばだけど、私は？」

「え」

代田橋《だいたばし》の学校から京王線で仙川《せんがわ》駅が私の降りる駅で、そのずっと向こうの京王永山《ながやま》駅に高橋くんの実家がある。今もう千歳烏山《ちとせからすやま》駅で仙川は次だけど、流れ次第では乗り過ごすって手もありにするぞ、と思うけど、高橋くんの目がちょっとふわふわっとするのを見てやめておく。

「ちょっとあんた私のことあんたやビンちゃんよりレベル低いと思ってるでしょ」

「えっ？いや全然そんなこと……あるかもしれないダスよ♡」

爆笑しちゃう。「あははは！何それ」

「秋田弁。うち、父親が秋田の人だから」

「そうなんだー」

個人的なことが聞けてちょっと嬉しい。

でも恋愛とかでわいわいやってるのは（って私は何もやってないけど）これくらいまで

で、ワークショップの展示会が近づいてきて皆制作が忙しくなってってくる。私はやりたいことがなくて焦《あせ》っている。皆にはテーマが決まらないとかモチーフで迷ってるとか適当なこと言ってるけど、自分が何を表現したいのかまったく判らない。と言うか私の中に何もない。思いつきなら何でも出てくるけど、ビンちゃんとかとわはーって笑うネタにはいいけれど実際にやる気には到底なれそうもない。でもそんなこと言って時間ばかり費やしてても仕方がないから動かなきゃ、と思って絵だの写真だのとりあえず道具を手に取ってはみるものの描きたいものも撮りたいものもない。慌てた挙句《あげく》に自転車でたまたま野川を通りかかったときにたまたまジョギングしてる人がいて、たまたまビデオカメラを持っていたことに気付いた私はそのジョガーを背後から撮影しながら追いかけてみる。四十歳くらいのおじさんだったのだが、すっごい辛そうにしてるけれども休まずにずっと前を向いて走っていて全然私に気がつかない。五メートルくらいの間隔を開けたまま私は野川沿いのおじさんの自宅らしき家の前まで追跡しきると、何となく凄いことをやり遂げた気になって他のランナーを見つけて尾行するが、ことごとく見つかって一度は凄《すさ》まじい剣幕で追いかけ回されてしまう。ビデオは死守したので家に帰り眺めてみるが、そりゃそうだけど単なるストーカーの盗み撮り……これって犯罪じゃないの？私は慌てて消す。追いつめられてるからってちょっと頭がおかしくなってるな。

いざとなったらビンちゃん撮っていい？うふふコンセプト次第かなーとか私とビンちゃんが喋《しゃべ》ってる正面でコロッケそばを食べていた高橋くんが
「松原そろそろ高槻くんに話しかけてみれば？」

といきなり言うので私は私の焼き肉定食をひっくり返しそうになる。

「何いきなり」

「だってさっきからずっとチラチラ見てるからさ〜。俺にもバレバレなんだから向こうにもバレてるんじゃない？」

「ちょっ、しーっ！聞こえんでしょ！」

と言いながらすでに聞こえてるといいなと思ってチラリ。確かに私はいつもどんなときも学食でお昼が一緒になったときは高槻くんを盗み見してるのだ。ほとんど無意識だったから一瞬え？見てないよ？と言おうと思ったけど普通に見てたし今日の高槻くんのポロシャツの柄可愛いなと思ってたのだった……けど、高槻くんは友達とカレーを食べ終わってからも何か熱心に喋って笑っててこっちには全然気付いてないみたい。

「つーか松原、パターン行動多いよね」と高橋くんが笑う。「高槻くんのこの、斜め前よりもう一つ奥に座るって何?桂馬って知ってる?」

「知ってる……」

「知ってんのか。桂馬じゃん」

「桂馬だよ」

「狙ってんの?」

「遠すぎず近すぎず、真正面じゃないけど正面で隠れててちょうどいいんだもん」

「松原将棋やれるの?」

「やれるけど最近はやってない。昔お兄ちゃんとやってただけ」

「……高槻くんいっぺん喋ったことあるけどいい奴だよ。喋りかけてみたら普通に会話できるんじゃない?」

「いいの。私も忙しいんだから。全然企画決まってないし」

「じゃあ軽く相談してみればいいじゃーん」と言って笑うのはビンちゃんでやめろやめろと思ってたら高槻くんと目が合う。ぎゃー。逸《そ》らしてしまう。

「ちょ、もうそんなの気まずくなるだけだから」と言って高橋くんが立ち上がり、食べかけのコロッケそばをトレイごと持って私たちのテーブルを離れてあぎゃぎゃ、高槻くんに近づいていく。高槻くんも周りの友達も高橋くんと私たちを交互に見て笑いながら迎えてる。何言ってるんだろう……どうか私についてではありませんように。私についてなら上手く言ってくれてますように。つか何でこんなこといきなり高橋くんに任せなきゃなんないの。あーでもこういう展開でもないと話しかけられなかったかも。

高橋くんと高槻くんとその友達が笑っていて「お、高橋くんやるじゃん」とビンちゃんが言う。「良かったね」

ちょっとしてから高橋くんがこっちを見るのでドキーン☆高槻くんも見てる☆★☆やばすぎ☆★☆★☆★☆うわ★手招き――――――――――！

隣のビンちゃんが「よし、行くよ」と言って中華丼のトレイとともに立ち上がるんだけどえ――っそっちは中華丼だからいいけど私焼き肉定食なんですけどと思って「ごめん」って言って私は逃げ出そうとするがトレイを片手で持ったビンちゃんに腕を摑《つか》まれる。「てめ逃げんじゃねえ」ってきゃあ〰〰。

高槻くんに近づく私の顔は真っ赤っかで、高橋くんは引いたらしい。友達も引いてたしきっと高槻くんも引いてたよと言って高橋くんが笑うので、私は落ち込みそうになるけど思い直す。引いてるのを見せなかった高槻くん優しい。

でも高槻くんは穏やかそうに見えて実は高橋くんよりもずっと口の悪い自信家で、

私は人生で一番どぎつい単語を聞いてしまう。

うんこサラダ。

この全身の細胞がびくんとなりそうなくらい強烈な単語を、高槻くんは他の人の作ったものに対して使ってしまうのだ。

「でもあいつのやってることも結局んとこうんこサラダだよな」

みたいに。

え――――――っ！

「ちょ、高槻くんそれ、その表現いいね」と高橋くんが笑ってる。「それ小説に使っていい？」

「いいよ。使いなよ。そんで皆に警告してやってくれよ。お前らいっちょまえな顔してるけどうんこサラダだぞって」

「それ具体的にはどういう意味？」

「まんまだよ。うんこのくせにサラダ気取りってこと」

「ああ……」

「それっぽいけどうんこ。小綺麗に整えられてるけどうんこ。食べられないどころか、すでに誰かの食べたものだし、栄養も全部抜き取られたカスの集まり。臭いし病気も持ってたり。それに生温《ぬる》い」

「きったないなあもう」とビンちゃん。「他の人ご飯中だよ」

「あはは。でも聞いといた方がいいかもよ。反省材料」

「独善的だなあ」

ビンちゃんは呆れたような顔をしているけど私は脳味噌がシュワーと泡になって溶けたみたいな気分だ。

この人、ブリリアント！

この『うんこサラダ』以外何話したんだかよく憶えてないけど制作中の企画のことらしくて、でもそれは展示会のために用意してるものじゃないっぽかった。高槻くんはネットとかで知り合いがたくさんいて、そのなかで動画を作ってる職人？の人たちとコラボしてインスタレーション？ができないかと仕様を煉《ね》っているらしい。あれこれ憶えてないんじゃなくて理解できなかっただけかも……。事実インスタレーションって初めて聞く単語だったし知ってるふりしちゃった。あれ？美術人失格？

けどまあへえ楽しそうだな文化祭みたいなノリで合宿とか私も参加したいなとぼんやり考えてたけどその昼食の後のドタバタの挙句に展示会が始まってまず高槻くんの出品作『切ったり裂いたり』が凄い受ける。キャンバスに布の切れ端をシンプルに貼り付けただけのものなんだけど、染め直しと脱色をかけまくってすでに元の《布》感が消えてしまって切った貼ったが判らなくなってマーク・ロスコみたいになっている。でも絵の具じゃなくて布だから端にはほつれや絡まりがあり、でもそれが布全体を浮き上がらせずに奇妙な布と布の曖昧な境目のように見せていて、凄い。汚しも入れているのに全体の中にじんわりと馴染《なじ》まされていて、絵の具を塗りたくった他の抽象画とも全然違って絵自体がボンヤリと光を放ってるようにすら見える。これに並べられると他の絵なんか絵の具の無駄遣《づか》いとしか感じられない。キャンバスと絵の具があくまでも塗るもの塗られるもののまま残ってしまってると言うか……。

高槻くんは本物だ。

うんこサラダなんかじゃない。ほど遠い。これがアートだ。

芸術だ……ちくしょう羨ましい。

けど高槻くんのことを羨ましがってる暇はない。いや私は暇かもしれないけど高槻くんのスピードが速すぎるのだ。

　高槻くんは展示会のと同じシリーズで『切る裂く引きちぎる』ってタイトルの個展をやって何枚も作品を売り、同時に進めていた『マグマカルタ』って企画でクラブを借り切って何か夜通しやってネット中継とかしてたみたいだと思えばその前の学校の展示会の準備期間、皆が制作中のアトリエに行って床の写真を撮って『working』って写真展をやり、何ヵ所かでは定点観測的に写真を撮り続けてそれをコマ撮り映画みたいに動画に仕上げて音楽をつけて『working working』ってタイトルで発表したりして本当にめまぐるしい。そしてそのどれもが話題を呼んでるらしくて上映会を兼ねたパーティでは有名人とかが見に来ちゃうし高槻くん普通にその人たちと会話してるし全然ついていけない……。と思ってたらそのパーティの最中と終わった後の床も撮影して『havin' fun』って連作にしちゃうみたいだし、休まない。

　ほとんどの人が帰って高槻くんの取り巻きみたいなおじさんたちが数人隅のテーブルで高槻くんが床に向かってレンズを向けてるのを満足げに眺めてて、あの人たちはいったいどういう業界の人なんだろうねえキュレーターには見えないけどさあなどとぼうっとしてると高槻くんが「しまった脚立持ち込むの忘れてた……」と言いおじさんたちのそばから椅子《いす》を持ってこようとするので手伝うけど思いついて私が

「この、部屋の端に寄せたテーブルは撮らなくていいの?」

　と言うとその、まだ料理の残る皿や飲みかけのグラスが載っかったテーブルたちを眺めて
「撮りたいけど、それを撮るのに結局脚立が要《い》るよ……」

　と高槻くんは残念そうだ。するとそばにいたおじさんが
「よし彼女が乗るんだったら俺肩車してやるよ」「がははマズいだろうそれ」「じゃあピラミッドはどうだ」「何だそれ」「昔学生の頃、マスゲームみたいなのであっただろ。みんな四つん這《ば》いで三人二人一人で積んでってさ。彼女もジーンズだし」「あーあれか。でも酔っぱらってて大丈夫か」「大丈夫大丈夫ただの四つん這いだから」

　などと言い出して立ち上がる。

「よーし彼女、今ピラミッド作ってやっからな」と言ってくれるけど写真を撮るのは高槻くんであって……。

「松原さん撮ってみなよ」と高槻くんが言う。「俺だと一番上に乗れないしさ。それにテーブルについては松原さんのアイデアだからさ。そもそも俺は床を撮ってたんだし」

　と言われて私はカメラを渡される。

「え……でも無理。恥ずかしい」

自分の台詞に嫌になる。高槻くんが言う。

「制作ってのは恥ずかしいもんだよ」

そうか。

私はカメラを首にかけ、おじさんたちに促されてピラミッドの設置場所を決める。

「ピラミッド、練習しなくて平気ですか」と訊いてみると「いいよいいよ。練習でへばっちまうとあれだから」などと言うので万が一崩れたときのためにテーブルから少し離れる。「じゃここでお願いします」

ちょうど五人いて、三人二人と重なって私が一番上に登ることにする。

「よーし彼女、一番上でちゃんと立ち上がれよ〜」などとおじさんたちは威勢がいいが、実際四つん這いの三人の背中に二人が乗っかろうという段階で悲鳴が上がり始める。

「おおおおいおいおい重いよお前体重何キロだ」「あ、駄目《だめ》そこ腰骨折れるっふ」「お前ら体勢崩すな俺だけが大変だろうが」「腕が久しぶりにぷるぷるする……」

でグシャーと潰れるのが二回。ようやく二段目までキッチリ重なったので私は靴を脱いで一段目のおじさんの脇腹に足を載せる。

「お……彼女体重何キロだ」「内緒です」「重すぎるぞ女の子のくせに……」「ちょっと、皆揺れてて怖いんだけど」「いかんシャツが脱げそうだ」「あ!我慢して!」「堪忍!」「堪忍じゃないってアハハ!」。グシャー。私はおじさんたちと一緒に崩れ落ちて床の上でもみくちゃになる。「うへええ」とおじさんの誰かが言って私は笑う。「大丈夫ですか」「こりゃ駄目だ。彼女一人でまた重量が全然違うよ」「重量って〜」「みんな怪我《けが》してないかー」「おいこれそもそも計画倒れだぞ」「二段くらいちょっと登るんだったら、あれにしよう、あの、あれ」「ああ、円陣のやつか」「そうそれ。高さそれほど変わらんだろ」「よく判りましたね」「よし、五人とも丸くなって肩を組め」「よっしゃ」「しゃがむぞ」「おっし」「よーし彼女、乗れ」「俺の肩に乗っていいぞ。他の奴よりはまだ丈夫だからな」「俺も来い」

おじさんたちが円陣を組んで屈《かが》み、円く並んだ肩に私は足をかけ、登り、不格好に四つん這いになる。私に踏まれたおじさんの首がボキンといきませんように。

「せーのでいくぞ!せーのお!」

ぐううっと一斉におじさんたちが立ち上がって私は持ち上げられ、神輿《みこし》にでもなった気分だ。

「よーしオーライ!」「……っぐ、これ人数関係ないな……」「支え合いだ支え合い」

「よっしゃ彼女、ゆっくり立ち上がれ」「はーい」

私はひょいと立ち上がる。高いじゃん。たぶんピラミッドが成功してもこれほど高くは上がれない。おじさんたちが踏ん張ってくれていて足場はいい。私はカメラを構え、撮る。おじさんたちに悪くて素早くシャッターを押すけどちょっとなかなか見れない絵なのでしっかり写しておきたくてそれなりに細部まで気を遣って撮れてるような気がする。

私は屈み、私につられて腰を落とそうとしてるおじさんたちに言う。「ちょっとまだ待って。このまま、この体勢のまま、全員でゆっくりテーブルの方近づけますか」「おーいけるか」「よし、このまんまな」「待って。息を整えて……うし。いいぞ。じゃあせーので。せーのお！」「そっとな、そっと」「彼女、こっちでいいか」「いいでーす！」「ストップって言ってくれよ？」「はい。あ、ストーップ！」「よーし！」

テーブル群の寸前に来て立ち上がる。あ、でもしまった。照明の位置を考え忘れてた。おじさんたちの影が入り込んじゃう……と思ってテーブルを見下ろしてると、こんな高さからこんな変な影がこんなテーブルの上に落ちてるのって見たことないや。ちょっと面白いかも。私はカメラを覗《のぞ》き、今度は私の足下のおじさんの丸まってる背中をかすめてフレームに収めてみる。あはは。変な写真だ。パシャリ。テーブルを二三枚撮ってしまうとあっという間に興味が失せる……って言うより、面白いのはテーブルじゃなくてこのおじさんたちの作る影なんだと気付いて今度は床を撮る。パシャリ。パシャリ。ふとカメラから顔を離したときに私の目の前すぐのところにペンダントライトが下がってきていてそれも撮る。パシャリ。天井も近いじゃん。パシャリパシャリパシャリ。振り返ると高橋くんとビンちゃんが笑いながらこっちを見てるのでパシャリ。高槻くんは？と思って探すと、何とテーブルピラミッドの頂上で高槻くんも私に向かってカメラを構える。撮り合いっこだ。パシャリパシャリパシャリパシャリ。楽しい！

「おーい姫様。じいらはちと疲れたぞ」

っておじさんたちが言わなかったらずっと撮り続けてた。

そのまま高槻くんがいつも使ってるらしい、友達と共有で借りてるマンションに設《しつら》えた暗室に連れてってもらい、早速撮ったばかりの写真を現像する。夜中の三時、出来映えにほれぼれする……こんな感覚初めてだ。自分が撮った写真じゃないみたい。

「凄い」

手が震える。おじさんたち可愛い。不思議な世界だ。なんでこんな感じになったんだっけ？これは私の中にはなかったものだ。いや、あったのかもしれないけど、気付かなかったものだ。引き出したか、あるいはクリエイトしたのだ。

「見てこれ」

と高槻くんが差し出した写真には、がらんとしたパーティ会場で赤や緑の照明の当たる中おじさんたちの肩の上に乗っかっている私がカメラを構えてるのが写ってる。

こうやって撮ってたんだ。

この写真を撮ってるとき、私はこんなふうだったんだ。

すると私の中に急に、思いがけない幸福感がやってくる。嬉しい。嬉しい。嬉しい。この写真の中での私には芸術なんて頭にない。発表のための制作をやってるわけでもない。上手い写真を撮ろうとも考えてない。ただ楽しんでいる。面白い写真が撮れてることをただ喜んでいる。私すらいない。何も考えてないのだ。

そして私は、これまでの私がビンちゃん言うところの『理に落ちていた』んだと知る。つまり頭で考えてたのだ。本当は、もっと、何て言うか、写真だったらカメラで考えなきゃ駄目なんだ。たぶん絵だったらもっと筆で考えなきゃ駄目なんだろう。ビンちゃんの言葉の意味も、初めてはっきりと判った。頭では何となくこういう意味だろうと思ってて、大体当たってたけど、言葉だって同じで、頭で考えてるだけでは判ってないのだ。言葉だって理に落ちうるんだ。高橋くんはこの感じ判ってるんだろうか？

高槻くんが他の写真も見せてくれる。ため息をついちゃうくらいの隙のなさ……いや隙はあるんだけど、用意された隙だ。隙のなさとは意識の行き届きが完璧ってことで、どの細部も完全に捉えていて全体の中で機能している。

写真としての質は私のものとは次元が違う。

でもいいのだ。今ここで優劣はどうでもいい。私は今、私が掴んだこの感覚を大事にしたい。今、私からいろんな余計なものがぼろぼろと剝《は》がれ落ちているのだ。目から鱗《うろこ》の全身版だ。ああそうだったのか、と私には見える。これまでの私は《芸術》だの《価値》だの《権威》だの、つまらない、頭で考えただけの言葉や概念にとらわれ過ぎていたのだ。何かを作るってのはそういうものじゃないんだ。作ってる手先で考えながら、楽しみ、夢中になってやることなんだ。

解放されたんだ、と私は実感する。これまでの《こんな美術なんて頑張ったってどうなるんだろう？》とか《私なんて何者にもなれるはずがない》とか《皆瞬発的にちょっと褒められるだけでどうせ数年したら忘れられるような、数ヵ月でさえ誰も憶えてないようなものを必死で作り続けてて虚《むな》しくないのだろうか？》とか、そういう重たいだけで意味のないしがらみから逃れられたんだ。

物を作るってのは、作り始めて始まって作り終わって完結するものなのだ。作ってることだけが大事で、他のことは本当に意味がない。

「高槻くん、ありがとう」

「え？何が？」

「私、芸術ってものが何なのか判ったよ」

そう言うと高槻くんはちょっと微妙な、不安げな顔をするので言い換《か》える。

「芸術なんて何でもないってことが判ったよ」

すると高槻くんがホッとしたように笑う。

「あはは。そうだよね。芸術だの何だの本気で言ってるうちはただのうんこだよ」

ぎゃー。もうこんなときにそんな言葉使うなんて〜という私の顔を見て高槻くんが
「ごめんごめん。なんか松原さんって馬鹿なことばっかり言ったりするけど、根っこではいい意味で上品だよね」

「え？そう？」。そんなに馬鹿なことばっかり言ってるかな？と思うけど、ああ……

確かに今の私の気付きをとっくのとうに迎えてたか生まれたときから知ってたはずの高槻くんから見れば、私が言う全ての台詞は幼稚で下らない問題に拘泥《こうでい》してて本当にうんざりだっただろう。「そうかも。いい意味で上品って、悪い意味でってのは？」

「うんこでサラダを作ろうとする奴らだよ」

高槻くんが悪戯っぽく笑う。

「もー」と言って高槻くんの肩を叩く。

私は高槻くんとキスをして、セックスもする。友達と共有のマンションってことはソファーも皆が座るとこなんだろうからちょっと申し訳ないし気になるけど、最高だ。夜明けが近づいてだんだん明るくなってくる部屋の中で高槻くんの白い肌を薄目で見ながら柔らかい唇をチュッチュしてると泣きたくなってくる。

それからしばらくは私って高槻くんと付き合ってるの？って問題だけで過ごしてしまう。

最初はお互いあのときはああいうタイミングだったから……みたいな共通理解があったから別に私もえっへっへ高槻くんとやっちゃいましたみたいなところでホクホク

してたんだけど、ときどき連絡があって呼び出されていろんなところでセックスするようになってくるとやべーこれは噂《うわさ》のファックバディだいつの間にやら恐ろしか〜って気分に襲われるようになる。

「たまには普通にデート連れてってよ」

と私は言ってみる。あ、いかん。こんなふうな曖昧な言い方では相手も次の行動を起こしにくいだろうと思って具体的にどこどこに行きたいと言うつもりだったのに、思わず本音が……。八景島シーパラダイスとか葛西《かさい》臨海公園とかしながわ水族館とか私いろいろ考えてたのに。どうやら私は魚が見たいらしいな。

で言い直そうと思ったら高槻くんが特に気まずくもなさそうに
「え?だっていろんなとこに一緒に行ってるじゃんイベントとかクラブとか」

「だってそれはカメラとか持ってって制作の一部だし、そうじゃなかったら友達とかのチェックじゃん〜」

「だからライブとかギャラリーとかたくさん一緒に行ってるじゃん」

「そうじゃなくて、それは仕事でしょ?や、私ら学生だけどさ……」

「うん。だから俺、もっといろいろ勉強したいし作りたいと思ってるんだけど、松原は違うの?」

「え〜？　や立場は同じだし、気持ちもそうなんだけど……」

「いや気持ちは違うね。だって松原、最近何か作った？」

「えー？　絵描いたり造形やったりしてるもん」

「それは課題じゃん。与えられたもんじゃなくて自分で何か作りたいものを作ったかってこと」

「だって忙しいんだもん」

「俺の用事に付き合ってるから忙しいって言うんだったら、そっちの制作に時間使いなよ。俺らって遊んでる暇ないと思うんだけど」

軽くデートに誘うつもりだったのにどんどん雲行きが怪しくなってるけど、セックスしてる時間はあるのに遊びに行けないなんて悲しい！と思ってしまって止められない。

「遊びも必要だよ？」

と私は努《つと》めて明るく言うけれど高槻くんはもう全然そんな雰囲気じゃない。

「松原制作面白くないの？」

「面白いけど、私今そんな話してない」

「じゃあ、ただ遊びに行くとかだったら俺行きたくない。やりたいこと他にもっとあるし、人にも動いてもらってるし、俺だけ勝手に遊んでるわけにいかない」

えく何このビシャーンとした感じ……。

私はビンちゃんに相談する。

「えー付き合ってないのお？」「や判んない。そういう話ちゃんとしたことないから……」「でも全然付き合ってるように見えたよ？普通に」「そうかなく。でもデートとかしたことないよ」「けどいろんなとこ遊びに行っててんじゃん」「写真撮ったりとか他の人と打ち合わせしたりとか、変な人がたくさんいるとこに連れ回されてるだけだよ。遊びじゃなくて、なんか挨拶《あいさつ》回りみたいな」「うん、でもそういうとこでは彼氏彼女っぽいんじゃないの？」「よく判んない……彼女ですって紹介されたことはないよ、でも」「ふうん……。とにかくさ、高槻くんは創作の方を頑張りたいって言うんでしょ？一緒にやったら？前に一緒に写真撮って楽しそうだったじゃん」

ああ……そうなんだけどさ……？

「だって高槻くんと私レベル違いすぎるんだもん。足手まといになっちゃうよ」

「高槻くんはそんなこと気にしないかもね」

「………」

「高槻くんは他の人と一緒に物作ったりするの馴れてるし、レベルなんて気にしないよきっと」

「でも私が気にするの」

まあそう言われちゃったらビンちゃんも黙るしかないよね……。

とかうじうじやってるうちに高槻くんに嫌われちゃうんじゃないかって焦り出したとき、高槻くんが言う。

「じゃあさ、松原どこ行きたいの？」

「え？」

「デート」

「え、マジで⁉行ってくれんの？」

「行かいでか」

「え？何それ」

「行きますってこと。どこ行きたいの？」

の？高槻くんは行きたくないの？二人で行くんだけど……と一瞬思うけど、振り払う。いい。サーヴィスでいい。

「ちょっと遠くてもいい？」

「いいよ」

「お金もちょっとかかるかも」

「気にしなくていいよ」

「八景島シーパラダイスに行きたいダス……」

「あはは。ダスって何？」

「秋田弁」。しまった。うっかりだ。使う相手完璧間違えた。「ありがとう高槻くん。凄い楽しみ！行き方知ってる？」

「知らない」

「じゃあ調べていい？」

「え。うん」

「ネット借りるね～！」

私はベッドを出て高槻くんの机に行く。シーパラダイス凄い。アクアミュージアムだドルフィンファンタジーだふれあいラグーンだ！夏が終わるまでには絶対行きたい。

高槻くんのパソコンを触るとデスクトップが表示されてウィンドウが開いててアニメみたいなのが停まっている。

「何これ？」

「あ、動画。今俺作ってるの。初挑戦」

「凄い。アニメ？」

「一部ね。コンテ描いて原画描いて動画にして、十秒だけ本格的にアニメやってみてんの。すげえ大変だよ」

高槻くん楽しそう。

「今出来上がってるのどれくらい？」

「ざっとラフが置いてあるだけの部分もあるけど、一応全部見れるよ」

見てみる。

凄い!!!!


やっぱ高槻くんが私のために合わせてくれてるんであって本当に二人で行きたいと思って行くんじゃないんだよなってのがずっと引っかかっていて、私が遠慮してるうちに高槻くんが絵を描いて写真を撮って動画を公開したら再生回数が多くてイベントに呼ばれたり雑誌に取材を受けたり有名な批評家の人と対談本を出すことが決まったり……。そろそろこないだまで私が高槻くんって呼んでた人が本当は誰なのか判んなくなるくらい出てくる話が大きくなっていて、わー派手だねへー強烈だねうわあ本格的だねとか凄い以外の台詞をひねり出すのが大変だと思ってる間に八景島なんて行けないまま二度と話題にも上らず秋すら終わって冬が来て、また展示会がやってきたのでそろそろ本当に高槻くんどうこうなんて言ってる場合じゃなくなってくる。

自分のことをやらなくちゃ。

あのおじさんたちのピラミッドの夜以来私はほとんどまともに自分のものを作ってなくて何となくまたあの夜の感覚を思い出しさえすれば素敵なものがたくさん生み出せるはずっていう確信を持ったまま今まで余裕そうな顔でいたけど、実際の生産量を見てみて現実を直視しなきゃいけなくなる。あんな夜はそうそうないのだ。

あるいはあれはあの日一度きりの奇跡だったかもしれない……物作りをするときは頭ではなく作ってる手先で考えるべきだって極意を今でもちゃんと私は判ってるつもりだけど、でもいざカメラを覗いたりキャンバスを目の前にしたりすると私はまたつまらない計算を始めてしまって《理》から逃れられない。極意だって《理》に飲まれちゃって、手先で考えるとはどういうことだろう？とか今私はレンズで考えてるだろうか？とか考えたりして《理》って手強すぎ。

それに、こないだはおじさんたちの協力のおかげでおかしな構図ができあがったけど、ああいう偶然を待ってるわけにもいかないし……。

「脚立とか椅子とかに乗ればいいじゃん」「いろんな人に背負ってもらえば」「近くに体育大あるじゃん。あそこの男の子とかにグラウンドとかでピラミッド作ってもらってそこでまたいろんなもの撮ってみれば」とか友達に言われるしビンちゃんの体育大案はなかなか面白そうなのにその気になれないのはあの夜の思い出を特別なものとして取っておきたいって気分があるのもあるけど、あの絵だとすでに高槻くんに追い越されてしまっているからだ。私の写真なんかはファインだったりナイスだったりするかもしれないけど、高槻くんのマグニフィセントな感じには到底届かない。

それにあのモチーフは、言わば高槻くんとの共同制作みたいなものなのだ。私一人が勝手に続けたりしていいものなのか判らない。

そして何より、私は私独自の何かを立ち上げなければならない。自分のオリジナルを見つけなければならない。

私はまた考え過ぎてるんだろうけど、でもそれだけは本当に信じてるのだ。

で、しばらく私はネタを探して一人でブラブラいろんなところに行ってみる。動物園。遊園地。お寺。神社。川。山。丘。野球場。ボウリング場。卓球場。タバコ屋。八百屋。病院。役場。どこに行ってもファインダーを覗くたびにこれとあれとあそこの影が入るとまとまるかなみたいな計算を立てようとしてしまう。スケッチブックを開くたびにここでこのタッチで描くってのはいかにもなだけだよなあとか仕上がりまで全部見えてるような感じが退屈なんだよなあとか。

そんな感じで大晦日《おおみそか》とお正月が近づいて来て、あれークリスマスって確かに高槻くんと一緒にいたけどラブって感じじゃなかったなあと思いながら福井県の実家に帰り、私のひいお祖母ちゃんがアメリカへの移民でいっときピューリタンだったって話を聞く。初婚の旦那がそうで、洗礼も受けたらしい。

へえ、と最初は思うだけ。ピューリタンって清教徒でしょ？

ってという単語が二つ結ばれて私の世界史の知識は終わるけど、調べてみて、もう少し思い出す。ああそうだそうだ清教徒ってのはアメリカに移り住んできて建国の祖となった人たちだ。メイフラワー号だ。ピルグリム・ファーザーズ。あと清教徒革命。はいはいそうだった。でネットとかで引き続き記事を読んでると《神の国》の実現を信じて聖書に従い潔癖に生活していた人々の静けさと福井県の冬の静けさが重なってきて……と思って窓を見たら雪が降っている。それから私は思い立ち、お祖父ちゃんとお祖母ちゃんの部屋に行き、小屋の脇にある木材は勝手に使っていいのかと訊く。いいいと言うので私はコートじゃなくて囲炉裏《いろり》の部屋に干してあったお兄ちゃんのスキーウェアの上を着て外に出て小屋に行き、角材を二本選んで小屋の中に入る。小屋の作業道具の場所も判っている。私は十字架を作る。

角材の重なるところはコの字型に彫って木工ボンドをつけて組み合わせ、さらに釘を斜めに打ち込んで補強する。

表面にはレトロチックな文様を入れる。雑でいい。汚しはいらない。古い角材のできたて十字架がちょうどいい。

二時間くらいで出来上がり、よーしじゃあ行くか、と十字架を持ち上げようとすると案外重いのと、絵的にもったいないな……と思うのとで躊躇《ちゅうちょ》してると、ちょうどそこにお兄ちゃんが帰ってくる。

「あ、おめえなんで俺のウェア着てるんじゃ」

と車の窓を開けて言うお兄ちゃんに車を置いてくるよう言い、セーター一枚で寒そうなお兄ちゃんに十字架を持たせる。

「何じゃこれ」

「あははお兄ちゃん超似合う」

いろいろ知ってるけど素朴そうなお兄ちゃんはいかにもピューリタンの血を現代に受け継いでるって感じ。福井に生まれて勉強はできるけど福井の大学に行って福井で暮らしてます。そして今から出来上がった十字架を村の雪の中に立てに行くところです。

雪の降りしきる中、十字架を持って歩くお兄ちゃんを私は写真に撮りまくる。まったく意味が判らないまま寒いのに上着を着るのを許さない妹にしぶしぶ従ってる顔が十字架の重みに歪んで何とも言えない表情になっていてどの角度からもどの距離からも面白い絵ばかりが撮れる。パシャリパシャリパシャリパシャリパシャリパシャリ……！

お兄ちゃんには十字架を担いだまま村はずれの神社に向かってもらう。山際に立つ鳥居と吹雪と雪に覆われた田んぼと十字架と凍《こご》えるお兄ちゃん。

私は高揚しているが笑い声を漏《も》らさないよう、噴き出したり笑顔を見せたりしないよう気をつける。お兄ちゃんは清教徒で、今は厳粛《げんしゅく》な時間にいるのだ。

神社の境内に十字架を持ち込むのはさすがに不謹慎すぎるので、お兄ちゃんには引き返してもらい、田んぼの中の道を国道まで行かせて車道の脇の除雪車に押しのけられてこんもりと溜まった雪の上に十字架を立ててもらう。そうしてる間も写真を撮りまくるが、黒い車道と汚れた雪と新しく降り積もる白い雪と十字架と白い空が信じられないほど美しく、また激しい空間を作り上げて、いっとき写真を撮るのも忘れて立ち尽くしてしまう。

車道を挟んでお兄ちゃんと十字架をフレームに入れてると、そこにちょうどワゴン車が来て、お兄ちゃんにはカメラの方に視線をもらい通り過ぎる瞬間を撮る。

パシャリ。

最高だ。

それでお兄ちゃんはお役御免にしてあげる。

「ごめんね寒いのに。ありがとう」

と言うとお兄ちゃんが笑う。

「いいわ別に。俺もちょっと面白かったし」と言って十字架を振り返る。「……なんかすげえ光景やな」

「でしょ？判る？」

「神の怒りが雪に無理矢理慰められてるって感じやな」

「え」

「……そんな感じせん？」

「ああ……そうかな」

「違うか」

違うとかじゃない。お兄ちゃんも東京に来てアートやればいいのに、と思うけど、それじゃピューリタンじゃないか。あ、や、お兄ちゃんはもともと違うわ。ごっちゃんなった。

「ううう寒い寒いお風呂入ろ」

と言って家に戻ろうとするお兄ちゃんに
「ありがとね」

ともう一度言うと、お兄ちゃんは振り返って一回だけさっと手を振ってくれる。

私はまだ十字架に用がある。


それから私は日が沈むまで車道の脇の雪の壁の上に屹立《きつりつ》する十字架の写真を撮り続ける。十字架の上に雪が積もっていく。レンズをかすめる雪の向こうに濡れて黒々とした車道と十字架があり、一瞬雲が途切れてうっすらと青空が見えて、それも私は写真に収める。踊り出したいような高揚を私は指先に送り流していく。写真を撮るんだ。水たまりに映った青空と十字架をとらえたときには思わず震えるが、どうか狙い過ぎみたいに見えませんように……とシャッターを押す指は恐る恐るになる。薄暗い中で雪明かりがぼうっとしていて十字架がほとんどシルエットになっているのを道の真ん中から撮っていると私は寒いのもあって

「おおジーザスジーザスアーメンアーメン、ジーザスジーザスアーメンアーメン、ロード、ホエアザファックアーユー?」

と繰り返し唱えてて、それに気付いておいおい何言っちゃってるんだと笑う。

暗闇の中に立つ雪の上の十字架が車道を通り過ぎる車のライトに照らされるのを待ち、夢中で撮ってると、お兄ちゃんが迎えにくる。

「おいそろそろ家入れや。風邪引くぞ」

「スキーウェア着てるから大丈夫」

「おめえ帰ってくるの待ってたけど、ほしたらご飯食べ始めるでな」

「うん。ごめん〜」

「お風呂お湯沸かしておくわ〜」

「ありがとー車の通りがなくなったら帰るわ」

「うえぇ。ほんなまだまだやなぁ」

「九時くらいんなったらだいぶ少なくなるやろ」

「まあ適当に切り上げれや」

「はーい。……あ、明日って天気どうかな」

「明日は少し晴れるみたいやけど」

「明日お兄ちゃん暇？」

「まあ特に用事は入れてないけど」

「明日また少し付き合って」

「磔《はりつけ》にするとか言うんやったらお断りやで」

「あ……」。その発想はなかったぞ？「うーん……でもそれはさすがに悪ふざけみたいにしか見えなくなるからいいや」

「冗談やっつの」

　車の通りがなくなってからも私は撮り続ける。雪がうっすら青白く浮かび上がるので、本当はクレーンでも用意してもらって上から十字架と田んぼを見下ろす感じで撮りたいけど、ないので、私は雪の壁を登り、せめて至近距離から撮る。センターに十字架のアップで、それに切り取られるようにして四角の青白い空間が四つ、フレームの角に収まる。
よし。これ以上やると十字架の周りに私の気配が残りすぎる。私は雪の壁を降り、田んぼの中の道を歩いて家に帰る。気付くと夜の十一時だ。お腹は完全に空っぽだけど、空腹感は遠い。食欲なんかどこにもない。でも家に到着するとすき焼きが残っていて私はお兄ちゃんとお酒を飲みながらたくさん食べてしまう。ああこんな時間から……太っちゃうよと思わないでもないけど今日は特別だ。それにお正月だし。まだだけど。

次の日は雲は多いけれど確かに晴れる。お兄ちゃんに家の車を運転してもらい、私は後部座席に座って十字架の前の車道を何往復もしてもらって車の中から窓ガラス越しにまた写真を撮りまくる。運転席のお兄ちゃん越しにも撮る。ぶっふっふ、と十分撮れたらお兄ちゃんには今度は軽トラを出してもらい、私はまたスキーウェアに着替えて軽トラの荷台に乗り込み、また往復。パシャリパシャリパシャリパシャリパシャリパシャリ！昨日の夜外に出ていた軽トラにも雪が積もっていて、十字架の前を通りながら荷台の雪を撮る。私が立ち上がったり座ったり寝転んだりした跡がちょっと面白いのでそれも撮っておく。何度か往復してると十字架に気付いた通りすがりのおじさんと小学生くらいの男の子と女の子が車を降りて十字架を眺めているので、私も車を停めてもらってその様子をちょっと離れたところから撮る。男の子が雪の壁を登っていくので、私はお兄ちゃんに軽トラを出してもらい、通り過ぎながら荷台に立ち上がり雪の壁にいるその子と壁の上の十字架をフレームに収める。パシャリ！

うん。これで十分だ。

「お兄ちゃんありがとう。もういいよ帰ろう？」

と運転席のお兄ちゃんにドアの窓越しに言うと、

「ほしたらちゃんと荷台に座れ。危ないぞ」

と言うので、私は座るが、荷台の向こうに十字架と三人の親子が遠ざかるのを見ていて、あ、もう一枚、と思ったのにこれはカメラを構えたときには遠くなり過ぎて撮り逃してしまう。

高槻くんとメールしながら元旦を迎え、東京に帰って高槻くんに『cross』シリーズを見せる。

「あ、すげえ。カッコいいじゃん」

と言われたとき、あれ、私が言って欲しかった台詞とちょっと違うかもと思う。褒めてくれて嬉しいけど、『カッコいい』って言われてドキッとする。高槻くんが間違えてるってことじゃなくて、逆だ。ちょっとカッコいいが先にきちゃうかも……。

高槻くんはお兄ちゃんの写真を見て笑う。「全然似てないけど、どことなく兄感あるよね」

えーそこ？

でも全部見終わってから
「これ松原が楽しそうでホントいい写真ばっかりだね」

と言ってくれるので良かった。ホッとする。嬉しい。と思ってたら高槻くんが続ける。

「でもちょっと《十字架》に寄っかかり過ぎかな〜」

「え？どういう意味？」

「《十字架》って身にまとってる意味が深いし分厚いし歴史も長いしそもそも記号そのものだしさ、デザインも凄いしっかりしてるでしょ？どこから見てもいいようになってるわけだし。たとえばさ、この写真、十字架じゃなくて何か別のオブジェに入れ替えたら面白味とか価値が半減しちゃわない？」

「…………」

ああもうここにはいたくないいれないと猛烈に思って私は黙ったまま高槻くんのマンションを出ていく。高槻くんは追いかけてこない。

酷《ひど》い酷いと私は思う。いい写真でしょ？いい写真でいいじゃない。なんであんなたくさんいろんなこと言うの？私が気分良く撮ってきた写真をあんなふうに言うなんて……と思いながら、じゃあ高槻くんに正直な感想を言うなってこと？みたいな自問もやってくるけど、そういうんじゃなくて、言い方ってもんがあるじゃない？ってじゃあ高槻くんが言ってることは当たってるんだ？

当たってるかも……。

でも高槻くんにはもう会いたくない。

私は虚しい。悲しい。高槻くんが憎い。

「それつまり図星つかれて悔しいってことでしょ？」とビンちゃんも言う。高槻くんの部屋に置いてきた十字架の写真の残りを見ながら「さすが高槻くんだね。十字架を置き換えてみるか……確かにね。シャガールの絵は別に空に飛んでるみたいなのが女の人じゃなくて、例えば猫とか電気スタンドとか歯ブラシとか、何に置き換えても成立するかもね。ゴッホだって、あの『ひまわり』、ひまわりじゃなくて薔薇《ばら》だとかイカだとかこんにゃくを描いたって同じくらい凄い絵になりそうだしね。静物画って何を描くかじゃないしさ。うん。凄い視点だなあ」

「うん……」

その通りなのだ。高槻くんの、その思いも寄らないところからの指摘に面食らったってところもある……。

それにしてもさ？

「けど松原進化してるじゃん」とビンちゃんが笑う。「だって高槻くんから批評されるのって初めてじゃない？」

え？

「批評だよこれ。感想じゃなくて。主観的な意見じゃなくて、本質的なところ突いてるもん」

私はビンちゃんが高橋くんの小説について批評したとき、高橋くんが私に言った台詞を思い出す。

ちょっと。今凄い本質的で、大事な批評を聞いたところなんだから、何何に過ぎな

いみたいな言い方で勝手に片づけないでくれる？

あのとき高橋くんは批評を、厳しくても真正面から受け止めていたのだ。凄い作り笑顔だったけれども……と、あのときの高橋くんの能面ぶりを思い出すと今も笑っちゃうけど、高橋くんはタフだった。今ならそれが判る。

私は弱っちい。

私はもっと強くならなければならない。

「えーでもきつい……」

と喫茶店のテーブルの上でぐでーと両腕をのばして倒れる私にビンちゃんが言う。

「うふふ。でもさ、私が思うに十字架を写真に撮っちゃいけないって法はないんだし、十字架を置き換え不可能な、《十字架》として撮るってのは当然ありだと思うんだよね。十字架の持つ力みたいなのあるじゃん？それを全部とらえることも《十字架を撮る》ってこととして成立すると思うの。つまりそういう意味で、この写真はいい写真だと思うけど」

私はがばっと身を起こす。「え？そう？」

「うん。高槻くんの言ってることは正しいけど、唯一の正解ってことじゃないと思うな」

「そうか……そうだよね！」

だってこれいい写真だもん！この良さが無価値なはずない！

私は高橋くんにも会いに行く。

高槻くんの批評とビンちゃんの言ったことについて相談しに来たつもりだったけど、十字架の写真を見せたら高橋くんが凄い食いついてきて
「おお、これいいじゃん。面白い！」と言ってくれて持ってきたのを全部見終わった後「うん……これさ、ここにはストーリーがあるよね」と言う。

そうなの！

「うん。あはは。そうなんだよね。忘れてた」

撮ってるときには確かに何か、お兄ちゃんそっくりのピューリタンと十字架についてのドキュメンタリーを撮ってるような気分だったのだ。

「忘れてたのかよ……」ってちょっと笑って高橋くんが言う。「でもこれホント、短編小説みたいだよな」

「そう？……本当に？」

「うん」

「嬉しい……良かった。ありがとう」

「はは。あけましておめでとう」

「あ、あけましておめでとう。はは。言い忘れてたね」

「松原必死だったもんな」

「あはは。うん」

でももう大丈夫だ。私もこの『cross』シリーズを信じよう。


展示会で、高槻くんは『冬の村の十字』ってタイトルのアクリル画を三枚出品する。一つは上空から冬の山間の雪に埋もれた村を見下ろした絵で、中央に広がる地面いっぱいに、巨大な、いびつな十字架が埋まっているらしくて、雪の積もった田んぼや道路や川や橋がその十字架を登って降りてるがそこにいる人たちには見えてなくて人や車が垂直に登り下りしていても気付かないし、川の流れもまた十字架を登って降りて流れていく。

二つ目は地上から立ち上がる別のいびつな十字形の大地をあおぎ見ている絵だが、同じように地平にいる人も十字架の上にいる人もそこに十字架があることは気付いていないし物理的な法則もそこで複雑に折れ曲っている。

三つ目は十字架の上の地表からの目線の絵で、同じように人には見えず物理法則も十字架に沿っていて、十字の短い方の腕の向こうに垂直に別の地面が立ち上がっているが、見事なのは影で、十字架の裏から太陽が当たってるから地表に横に倒れた十字架の影が映るはずなのにそれはなく、光は十字架に沿って折れ曲り、十字架の上の人たちを照らしていて、光源が複数あるような感覚にくらくらする。

それらを高槻くんはアクリル絵の具で写実的に描いている。

その圧倒的な筆致。

「上手いし凄いけど、これはイラストじゃんね」と言う人もいたけど、その人たちは歴史を知らないのだ。昔の画家たちが研鑽《けんさん》を重ねた写実主義の絵をさらに時間をかけて画家たちはイラストやアニメの背景や老人たちの簡単なスケッチのレベルまで分解し、一般化させてきたのだ。手法を見慣れてるからってイラストと一緒くたにしてしまうなんて浅はか過ぎるよ。それにここで描かれてるのはちょっと変わった風景なんかじゃない。巨大な十字架が持ち込んだ物理法則の変質が全体に行き届いてるんだから。つまりここでは地表のこまごまとしたものを描いてるんじゃない。空間全体を描いているのだ。地表なんて空の続きだ。そしてもちろんここには哲学的な、認識論的な、思想的なものにつながる思索の種みたいなものもたくさん仕込まれているけれども、理に落ちていないのは、高槻くんがここで世界そのものを描いてるからだろう。

世界というのは、そういう《理》をも丸まる含んで成立していて、何かを取り上げて論じることが馬鹿馬鹿しくなるほど広いものなのだ。

私は高槻くんの絵に打たれながら、同時に苛立《いらだ》ちを感じている。

これは私の『cross』を叩き台にした絵だ。

でもパクリとかではない。それをもっと大きく広く深く解釈し直し、本物の芸術に仕立ててみせてくれたのだ。例えばこんなふうにもできるよね、みたいに、軽く、さらっと。確かにこの絵に描かれてる巨大な十字架は十字架じゃなくてもいい。なのに十字架を用いているのは、これはこの会場の中で唯一、私に向けたメッセージだからだ。

そしてそのメッセージで、私を壊す。

私の『cross』がどれだけ矮小《わいしょう》で、表面的で、退屈でくだらないものなのかがはっきりと判った。

一緒に見ていたビンちゃんにも判って、涙を浮かべながら言う。

「ごめん松原。私も全然判ってなかったみたい。……って言うか、私の限界も見えちゃったね」

「ううんごめん……」

「つか松原愛されてるね」

「……」

縦二メートル横三メートルもあるような巨大な絵を三つも描かれて私にもようやく判った。

高槻くんは美術に没頭したいのだ。そしてできれば私と一緒にそれをしたいと考えてるんだ。あのおじさんピラミッドの夜は私とは別の意味で高槻くんにとっては発見の夜で、私ともあんなふうに一緒に物作りができるんだと思ったんだろう。高槻くんの提案に私が乗っかって、私の創ったものを高槻くんがブラッシュアップして、それを見せ合って……。

確かにあのときもこれと同じことが起こっていたのだ。

あのときは興奮していたし一度に起こったからはっきり判らなかったけど、あの夜も高槻くんは私の撮った写真を一段高い次元で芸術にしてみせたのだ。そして私はそうと気付かずにただ楽しんでいたのだ。

私たちは一緒に楽しんでなかった。すれ違っていたのに、お互い気付かなかったのだ。

私は愛されている？

私の何がいいのか判らないけど、確かにビンちゃんの言う通り私は高槻くんに特別扱いを受けている。

だから高槻くんの趣向に乗っかってお互いの創作を重ねていきながら学んでいくのもいいし、美大生としてこれほどいい環境もないのかもしれないし、何より勉強しようとするならば絶対に高槻くんについていくべきなのかもしれない。

でも私には無理だ。

だって相手が圧倒的すぎるもん。

本物なんだもん。

私なんかうんこサラダもいいとこなんだもん。

それからひと月くらい連絡を取り合わず、二年になる前に高槻くんをマンションから呼び出して、ちょっと離れたところの、高槻くんの生活圏からは方向の違う場所にある公園に行き、私は高槻くんをふる。

「高槻くんのこと好きだし、尊敬してるし、一緒にいたいけど、高槻くんが何もしなくてもそばにいるだけで傷つくよ。一緒に頑張れるようなタフな女の子になりたいけど、私、どうしても努力とかでどうにかなるとは思えないの。だって才能ってそういうものでしょ？今才能の話だよね？……高槻くんの重荷になりたくないとか、そんな綺麗なだけの嘘《うそ》っぱちを言うつもりはないよ。と言うか、なりふり構わず重荷になってでもそばにいたいくらいだよ。でもそれすらできないの。何でかって言うと、……私はまだ若いから。まだこれからがあると思ってるの。私、まだ自分のこと諦めきれないの。だから私、高槻くんの近くじゃないところで頑張るよ。……うんこサラダしか作れなくてもさ」

ははは、と短く笑う高槻くんの目は真っ赤だ。

「……らしくない、汚い言葉使わない方がいいよ」

高槻くんが言うか！

「高槻くん大好きだよ。いろいろありがとう。ごめんね私、だらしなくて」

「……俺、松原さんのピュアなところが好きだよ」

「もうさん付けか。あはは。ピュアなピューリタンだからね。ありがとう。今の台詞だけで百年頑張れるよ。じゃあね！」

私は走り去る。よろけてるのがバレてなきゃいいけど。

二年になって新学期が始まって、風の噂で高槻くんが凄い落ち込んでるって聞いて嬉しいやら悲しいやら心配やらで私もかき乱されるけど、堪《こら》えて絵を描き立体を作り粘土をほじったり足したり撫《な》でたりかきむしったり写真もたくさん撮る。私には高槻くんからもらったいろんな遺産がある。死んだ恋愛の残したものってことね。制作に没頭してると、失恋もいい効能があるんだなありがたいぜってくらいの気分にはなる。頑張る。

それからまた夏がやってきて、高槻くんと付き合い出した頃のことを思い出してあああ〰〰〰って無闇に叫び出したくなったりしてると、高橋くんから連絡がある。

「よう。あのさ、松原のあの十字架の写真、今度の小説の装丁に使わせてほしいんだけど」

「え、高橋くん小説出版するの？」

「うん。短編集なんだけど」

「凄いじゃーん！おめでとう！」

「サンキューサンキュー。で、いい？十字架の写真。俺、あのシリーズからインスパイアされて小説書いたからさ」

「ええ〰〰〰そうなんだ。うわあ……。もちろんいいよ。どれでも勝手に使ってよ」

「良かった。ありがとう。俺としてはトラックの荷台から撮ったやつがいいと思うんだけど、編集者は子どもが十字架目指して雪の山登ってるやつがいいって言うんだよね。手前のお父さんがこっち向いててカメラ目線でさ、確かに凄いんだけど」

「え?あれあの写真っておじさんカメラ目線だった?」

「憶えてないのかよ……。うん。やっぱり表紙に人の顔があると視線を引きつけるし、目線がこっちならより強いだってさ」

「へえ……」

「じゃあ相談して決まったら連絡するね」

「あ、うん。あ、高橋くん、」

「あ?」

「最近元気?」

「え?何だよ。おう。小説大変だけどな」

「忙しいの?」

「一応ね。学校も行ってるし書いてるしって感じで地味にバタバタしてる」

「じゃあ女の子食いまくれないね」

「ええ?……あっはっは。何それあんなの冗談だよ。そんな暇ないしそんな相手全然いないよ。やっぱりな。松原に通じてないいんじゃないかと思ってたんだ。松原意外に真面目でうぶだから」

「何だと〜〜？っつーかうぶって何ダスか？」

高橋くんが爆笑する。

高橋くんの第一短編集『馬と十字架』は結局編集者さんの意見が通って帯の上から福井県西暁《にしあかつき》町のおじさんがこちらをじろっと覗き込んでいる。あれれ。こんな写真だっけと実物を見てもよく思い出せない。出来上がったばかりの見本を二冊、高橋くんから直接手渡されたとき、私は言葉にならない何かがぐわああっと胸の中で湧いて、うつむいたまま黙ってしまう。

高橋くんがしばらく待ってから言う。

「いい本だろ」

私は頷《うなず》く。

「私のうんこサラダちゃんが立派になったよ……」

と涙声になって恥ずかしいので照れ隠しに笑わせようと言ったら高橋くんが怒る。

「あのさ、その言葉やめない？下品だし、悪い意味で下品だよ。高槻が何言ったかしらないけど、これも他の写真も、松原のあれは全部いい写真だよ。こんなふうに小説を生み出す写真が他にどんだけあるっての。これは作家的な価値観かもしれないけど、美術の人の価値観は俺に言わせれば凝《こ》り固まってるよ。いいものの方向が決められてるっつうかさ。松原だってその世界にいるうちに、勉強したんじゃなくて洗脳されたんじゃない？物の良さっていうのはいろんな形があるんだよ。ったくもう。とにかく高槻のその用語は禁句ね。いろんなものを乱暴に切り捨てすぎるよ。自虐的に使ってるときなんて本当最悪だしね。そんな言葉で誰も得しない。ああいう高槻みたいな奴が妙にキャッチーな言葉作って皆を汚染するんだよな。言葉ってのはもっと慎重に作らなきゃ駄目なのに。ホント。素人は不用意で困るよ」

こりゃまた新たな視点だな、と思って私は思わず驚きながら顔を上げる。高橋くんが笑ってる。

その後本を持ったまま井の頭公園をぐるっと回りながら喋って、帰るときに井の頭

線の改札で私が
「今日はありがとう。あとこれ、慰めてくれてありがとう」

と本を持ち上げて言うと、Ｓｕｉｃａを使って高橋くんも改札の中に入ってきて
「どういう意味?慰めって」

と訊くので
「え?だってこの本、って言うか小説もかもしれないけど、私のこと慰めてくれるために書いたんでしょ?」

と言うと、今度は高橋くんが本気で怒って、怖い。

「お前俺の言うことホント聞こえねえんだな。俺はお前の写真がいいと思ったから使ったんだし、お前の写真に動かされて、一つ小説書いたんだよ。お前なんか慰めるためにそんな手間掛けるか馬鹿」

それでぷい、と顔を背けたまま改札を出ようとするけどバン、て扉が閉まって出られなくて、私を見ないで高橋くんが駅員さんのいるブースに向かう。

まだ追いつく、と思って私は追いかける。

私はもっと私を信じなきゃいけない。

私自身を信じられないと、周りの人のことも信じられないのだ。

頑張るって高槻くんとも約束したのだ。もっと頑張ろう。もっとちゃんと信じよう。

私のやりたいことは、自分を信じられないうちはやれないことなのだ。

僕が乗るべき遠くの列車

なんとなく十五歳になる前に死ぬんだろうと思っていた。うちの親も僕と同じくらいの年の頃自分たちが十八まで生きられないと思っていて、それはノストラダムスの大予言なるものを信じていたせいで、一九九九年の七月のどこかで空から恐怖の大王が降りてきて人類を滅ぼすと真面目《まじめ》に想像していたのだ。どうしてそんなふうに頭が働いたのか理解できないが、人は条件次第で何でも信じるということだろう。特に子供は、ということなのかもしれない。それにしてもサンタクロースの夢から覚めてそんなメルヘンチックなことはあり得ないと悟ったはずの脳はどうしちゃったのか。

とは言え他人が納得できなくてもうちの親の諦観《ていかん》には理由が一応あったのに、僕がどうして十五歳を迎えられる気がしないのかは実のところよく判らない。ただそんな気がするだけなのだ。早死にする、というんじゃなくて十五歳がせいぜいの上限だと思っているのも説明はできない。それに説明する相手もいない。そりゃそうだ。自分がすぐに死ぬだろうと思っていて、それに異論がないのだ。勝手に思っていればいいだけの話で、外れたときにはああ間違えてたか、と思うだけだ。だから僕は中学に入っても勉強をやめたりはしなかったし、進路の話になったときには高校への進学について具体的な話を親やら先生やらとした。高校なんかには行けないだろうという確信については誰にも漏《も》らさなかった。余計な混乱を避けたかったし、僕にとっては無意味な他人からの説得を受けることも、他人にとっては無意味な僕の説明を行うことも回避したかったのだ。僕は普通に未来を夢見るようにして生き、十五歳の手前のどこかで死ぬだろう。そしてそれを僕自身は判っていた、が、何も抵抗する術《すべ》を取らなかった、し、そのことを誰にも知られずに終わった、ということでいい。

人生は楽しい。子供としてしか暮らしていない十数年間を人生という言葉で言い表していいのかは判らないけれども。ともかく、死にたいわけではない。そんな気持ちは全くない。ただ、死ぬことが辛いことなのかどうかが判らないのだ。だから死ぬんだろうなという思いに対して抗《あらが》いたいという感情が湧《わ》いてこない。うん、じゃあそれはそれで、その最期《さいご》まで楽しもうかという感じだ。勉強を続けるのも、勉強が嫌いじゃないし、割と楽しいからだ。僕には不満はない。それどころか満足感がある。ただ、僕の全てが終わりを迎えることにもったいないという気持ちが湧かないだけだ。人は死ぬ。若いまま死んでも大した話じゃない。そのことがありふれているだけでなく、そもそも何事にも、この世から無くなってはならないというほどの絶対的な価値なんてないからだ。絶対に経験すべきってほど大事なことが存在するのかどうかだって怪しいと思う。僕は小六の頃からオナニーを始めているし女性の体への好奇心はバッチリあり続けているけれども、それが満たされず、何の経験もないまま死んでいくことに何の失望も感じない。僕は僕なりにいろんな素晴らしい物事に接しているけれども、僕は結局のところ、ゼロだ。楽しく生きているし大事だと感じる大勢の人やたくさんのものがあるけれど、全てが等しく、僕と同じく、あってもなくてもいいものなのだ。

そういうふうに全て無価値とすることで無くなることや失うこと、死んでしまうことの恐怖を遠ざけていて、そのことに気づいていないか忘れてしまっているという可能性だってあるけれど、それはもう僕には確認しようがないことだし、そうしなきゃという気持ちも湧かない。素敵だ、可愛い、美味《おい》しい、楽しい、などなど、そういう評価と無価値であるという審断は僕の中で自然に共存している。価値があるということにしたいという反発みたいなものも生まれてこない。無価値であることが悪いことも感じていないからだろう。ただ全てが、あっても無くてもいいというだけだ。どうでもいいという投げやりな感覚とは違う。全ての良きことを認めた上で、無価値なだけだ。生まれてきたことが素晴らしいことだと知っているけれども、生まれてこなかったとしても別に悲しみや残念な気持ちがないということ。

別に問題はない。

僕には感情も感覚もある。どこにも麻痺《まひ》はない。それでこうなのだ。問題がなければそれでいい。

というはずだったのに、中一で別の小学校からきて同じクラスになって仲良くなった菊池鴨《きくちかも》が「そんなの寂しいやんか」と言う。別に僕が思っていることを全て話したわけではなくて、その中学に入って、ふたクラスのうちA組になって、そのクラスがとても楽しくてまとまりみたいなのがあってあーこのクラスで良かったねみたいな話になって、その手前の意見までは同感していたけれどどこのクラスで良かったねは別にどうだかわからないなと思って、もちろんそんなこと言わなかったのになんかピンときたらしい鴨に問い詰められてしまったのだ。「あんたそんな冷めてるふりせんときねや」「ふりって」「なーんか悟ったような顔たまにしてるよな倉本《くらもと》って」「してないよ」「してるしてる。あはは。気づいてない分本気でやってるんやろうな」「してないっつうの」「あははは！なあ！みんな、倉本ってたまに俺はみんなみたいな無邪気な中学一年生とは違うで？て顔してるよな？」と菊池鴨にふられて他にいた三人が笑いながら頷《うなず》く。「しとるしとる。ちょっと他の子見下してるんでないかなと思ったときあるもん」「あーなんかそれか、こいつに感じるちょっとムカつく感じ」「あはは。別にムカつきはせんけど、確かにみんなと距離取ろうとするときあるかもね〜」などと言われて僕は困る。「見下してないよ。ムカつかれるのは残念だけど、俺はどうもできん。ほやけど、人のこと軽んじたり距離取ろうとしたりなんか、絶対してないよ」「ほしたらさっきのフフンみたいなの何よ」「え？」「フフン馬鹿どもめみたいな顔してたやんか」「してないよ」「あはは！ほやで倉本は気づいてない分本気なんやって！あははは！」

面倒になったので説明する。

「いや、このクラスでみんなと一緒になって楽しいしすげえ最高やけど、このクラスでなくても俺もみんなも楽しくやってたやろうし、そのときは別の奴らとこのクラスで良かった〜って言うてたやろうってこと。俺は言わんやろうけど、他の奴らがそう言って、俺は、そんなつもりなくてもフフン馬鹿どもめみたいな顔をしてたんでないかなってことよ」

皆がしばし黙って考える。

「あ〜〜……言うてる意味は分かるけど……」「まあそういうもんかもしれん」「他に試しようもないし、それを否定はできんわな」

と他の三人が言うのに菊池鴨は首を振る。

「何を言うてるんよ。このクラスのメンツでなかったらこれほど楽しくはならんやろうし、そういう奇跡的なことが起こってるよな〜っていう感覚を素直〜に喜んでるんやんか。皆、倉本に引っ張られすぎやで。この子はなんか暗いで、あんまり言うこと真に受けんほうがいいわ。もう、あんたも言葉の一言一言に厳密に引っかかりすぎや。このクラスで良かったな〜でいいやんか。楽しいし最高なんやろ？いちいちいや他のクラスでも同じくらい楽しいし最高やったかもとか想像する必要がないが。あんた自販機でジュース買《こ》うて美味しかって、これで正解！と思ったりせんのか？『いや美味しいけどこれでなくても良かったかも』って思うん？だとすればあんたは頭が回ってるんでなくてアホなこと考えすぎてるんやで？」

と言われてなるほどなと思う。

僕はアホなことを考えすぎているのかもしれない。物事の絶対的な価値についてなんて考えないのかもしれない。人が必ず死ぬこと、何もかもが失われていくことなんて想像せずに、今の喜びに集中していくべきなのかもしれない。

うん。

ほやけど「ジュースの例えは全くその通りやわ。そんなふうに考えるんはアホらしいと俺も思う。けど、俺、そういうふうに考えてしまうところがあるかもしれん。流石《さすが》に自販機でジュース買うたびにではないけど。それに、考えてることの内容自体は正しくない?別のジュース飲んでも同じくらい美味しかったかもしれんやろ?」と僕は問いかけてしまう。

他の三人は戸惑っていてお互いの顔を見合わせるだけで返事は来ない。

菊池鴨だけがまた首を振る。

「はーあんたは本当に暗いわ。そんなことを考えて何の得があるんよ」

「損得で考え事をするわけでないやろ」

「損得は大事やで?あんたはせっかくの美味しいジュースを気持ちよくこれで正解!と思えんのやで、損してるがの」

「いやジュースは美味しく飲んでるよ?これしかない!と思わんだけで」

「それのことを言うてるんよ。これしかない!と思えないことがどんだけもったいないかあんたは分かってないわ」

「………」

「ほれにジュースならともかく、今は友達の話をしてるんやろ?私らと友達になれて良かったな〜でいいやんか」

「いや、それはそうやって。それでいいよ」

「ほやけどあんたは『他の友達でもまあ良かったかも』とも思うんやろ？」

「……いや、思うってほどは思わんよ？ただ、論理的に考えれば、他の可能性もあるってだけで」

「それのどこが論理的なんよ。あんたな〜、今あんた、友達が私らでなくてもいいって言うてるんやで？」

「いやそれは言うてないやろ。そんなことでないって」

「同じやんか。そんなの寂しいやんか」

「違うんやけど……」と僕は言うけれど、菊池鴨のせいで他の子達まで少し残念そうな顔になっている。「他の友達なんて想像してないよ」と付け加えるくらいしかできない。

「ほらな。あんたのおかげで皆悲しいやんか」

いやお前がそういうふうに誘導してるだろ、と思わないでもないが、僕のせいか。

「いやごめん……」

「あはは！そこで謝られるとなお悲しいやろ！あんたそこは『一年A組最高！』やろ」

「え？」

「同じこと言いね？一年A組最高！」

「え?それはだから同意してるって」

「いいで繰り返しね。一年A組最高！」

「え……」

「はよ」

「何じゃこれ……一年A組最高！」

「一年A組最高！」

「一年A組最高！」

「一年A組最高！」

「一年A組最高！」

とやってると他の子が笑い出す。

「一年A組最高！」

「一年A組最高！」

「一年A組最高！」

「一年A組最高！」

「よっしゃ！一年A組で良かった〜！」

「え？」

「一年A組で良かった〜！」

「一年A組で良かった〜」

「言えるがの。次は気持ちを込めて！一年A組で良かった〜！」

「一年A組で良かった〜！」

「信じて！一年A組で良かった〜！」

「あ〜〜一年A組で良かった〜！」

「演技過剰や。もっと信じて！一年A組で本当に良かった〜！」

「一年A組で本当に良かったよ〜」

「ふざけんな！一年A組で良かった〜！」

「ふざけてないよ。一年A組で良かった〜！」

「ほんならいいよ」

「一年A組で良かった〜！」

皆爆笑している。僕も笑っている。菊池鴨が言う。

「あはは。あんたは暗いでろくなこと考えられんやろうで、私に乗っかっておきね。何も考えんほうがいいわ。余計なことぐるぐる考えてんと楽し〜く暮しときね」

「楽し〜く暮してるよ」

「あとフフンみたいな顔せんときね」

「してないって」

「してるしてる」

と皆が言う。僕も笑うしかない。

「してるんかな」

「してるしてる！」

じゃあしてるんだろう。

「すみません」

皆が笑う。

そのようにしてこの場は流れる。でも僕は思う。結局のところ、僕の考えていることが間違えてるとなったわけではない。でも僕のこの考えが人を寂しく思わせたり悲しくさせたりすることもわかったし、それは僕も嫌なので、もっともっとちゃんと僕の中に閉じ込めておかなくてはならない。人は死ぬ。何もかもが無くなる。でもそれについては考えない。……うん？

どうして人が死ぬことや全てがいつか無になることと、何事も替えが利く、代わりがあるというようなことが僕の中で直結しているんだろう？　と、ちょっと考えて、判る。

そうか、僕は物質的なことだけじゃなくて、抽象的なことも含めて全てに価値がないと思っているのだ。

楽しいことも嬉《うれ》しい出来事も愛《いと》しい人も、別に他の形でも起こりえて、似たように楽しく、嬉しく、愛しいはずだ。つまり対象は何でも良いのだ。僕たちは楽しみたいから楽しみ、嬉しがりたくて嬉しく感じ、愛したいから愛するんだろう。つまり感情なんて自分の気持ちの運動のためのでっち上げなんじゃないだろうか？感情そのものは偽物ではないが、対象は、自分の好みにさえ合えばいい、というような、たまたまの巡り合わせのようなものを引き寄せてありがたがっているんじゃないのか？つまり、何でも良いのだ。本当になんでも良いわけじゃないが、好みに合うものなんてごまんとある。

僕は暗いから、こんなふうに考えるのだろうか？

でも僕の考えそのものは否定できないんじゃないだろうか……。

まあでもそれも僕の心の中に沈めておけばいい。菊池鴨の言うことを聞いてワイワイやってればいい。それは楽しいし、そこに嘘《うそ》はない。他にもいろんなやり方はあるだろうが、僕はそれを選んでいるのだ。


「倉本って鴨ちゃんのこと好きなん？」

と訊《き》いてくる奴が増える。

「友達や」と僕は答える。「いつも一緒にいるでやろ？ほやけど他にも一緒にいる奴いるが。鴨さんと二人きりでいたことなんてないし」

「皆といるときも、鴨ちゃんに対する態度だけなんか優しいもん」

「優しくはないやろ。普通や」

「鴨ちゃんのこと鴨さんって呼ぶの倉本だけやし」

「ふ。尊敬してるでな」

「そうなん？何で？」

「俺のこと暗いって言うのあいつだけやで」

「ほら〜。ほういう感じが仲良いってことやんか」

「仲は良いよ。友達としては好きや」

「恋愛じゃないん？」

「ないない。恐れ多いわ。ふ」

「ほしたら、今度一緒に図書館で勉強せん？」

と誘いかけてくれたのが鵜飼夏央《うかいなつお》。

「え？二人で？」

「うん」

「別にいいよ。何の勉強？」

「宿題とか？」

「宿題するのって勉強かな」

「違うん？」

「宿題は宿題。勉強は、知らんことを知ることでない？」

「ほしたら何勉強する？」

思いつかない。「数学か英語の予習でもするか」

「あはは。結局。倉本くん普通やな」

「普通や。変な奴かと思ってた？」

「ううん。もっとまともかと思ってた」

なんか凄《すご》くドキッとする。

「まともでない?俺」

「さあ。ほしたら、今度、土曜日、行ける?」

「……うん」

で、連絡先を交換する。僕の胸はドキドキし続けている。誘いのせいじゃない。**もっとまともかと**という発言が僕の中でわんわんと響いていて、鵜飼夏央という女の子が急になんだか怖く感じる。何故だろう?

菊池鴨に訊いてみる。

「俺ってまともも?」

「あんたはどこをどう切っても普通って汁が垂れてくる飴《あめ》の塊《かたまり》や」

「飴か〜。いやまともかどうか」

「何で?」

「ある人にもっとまともかと思ってたって言われた」

「……うん?誰?」

「それは内緒」

「女の子やろ?」

「内緒やって」

「まあいいけど、その子はあんたを揺さぶってるだけで、言葉の真意は別にあるやろな」

「それが何かと教えてもらえる？」

「知らんが。まあ、あんたがまともぶってることくらい誰でも見抜けるさけ、ちょっとかましただけやろ」

「え？まともぶってるか？俺」

「自分のこと変な奴やと信じ込んでる普通の奴が、変な奴やと知られないようにせなとアホな頑張りしてるみたいや。あんたの自己像はぜ〜んぶ思い込み」

「………」

「まともかどうかで言えば、普通って意味のまともやろうな」

「ありがとうございます」

「あんた意味分かってないやろ」

「分かってるよ」

「……あんたなあ、友達やで言うとくけど、あんたまだ女の子に近づくのは早いと思うで？」

「いや俺が近づくんでなくて……別にいいけど、そう言えば、俺と鴨さん、付き合ってると思ってる人いるみたいやで」

「付き合ってるとは誰も思ってないやろ。私があんたのこと好きやと思ってる人はおるみたいやけど」

「え？あ、確かに付き合ってるじゃなかったけど、え?逆じゃなくて?俺が鴨さんのこと好きやと思ってる人がいるんやろ？」

「その逆もいるんよ」

「へえ。あはは。想像もできんわ」

「ほやろ」

「鴨さんが？」

「……………」

「あはははは。全然分からん」

「ほやろうな。で？」

「で？って？」

「アドバイスしたやろ。女の子には近づくなって」

「鴨さんも女の子」

「そやけどそのまとも云々《うんぬん》の子、あんたなんか全く敵わんやろうで近づかんときね」

「もう今度会う約束してもうた」

すると、すうううう、と菊池鴨が鼻だけで浅いけれど長い溜息をつく。

「ほうなんやろうな。ほんでそれをどうこうできるようなあんたではないわな」

「どうこうって、断るってこと？」

「うん」

「なんか失礼やんか。理由は？」

「でっち上げればいいんやろうけど、それもあんたにはできんわな」

「えっ。うーん」

「あんた、その子に興味あるんか？」

「えっ。うーん。別に」。でもあの**もっとまともかと思ってた**ってのは僕のどこかを確かに**揺さぶった**のだ。鴨さんの表現は的確だ。僕を揺さぶる子か。「でも鴨さんのおかげで興味ちょっと湧いたかもな」

「……ほうか。あんたはアホやな。多分とことんや。私、アホには付き合ってられんのやけど」

「えー。ほんなこと言うなや。まあちょっと、一回一緒に勉強するだけや」

あ、勉強のこと言っちゃった、と思ったけど菊池鴨はどうでも良さそうな顔をしたままだ。

「勝手にしね」

「あ、福井の『しね』って、一瞬キツいよな」

「どうでもいいわ」

どうして怒ってるんだろう?という疑問の答えは一つしか思いつかない。

「……なあ、」

「何?」

「鴨さん、俺のこと好き?」

すると今度は口を開けてはあああ、と深い深い溜息をつく。

「アホは嫌い。あんたのことは友達。好きでもなんでもないけど、アホの嫌いのほうがまさってきたからあんたとはもう友達もできんかもな」

「えっ。なんで?こんなことで?」

「……まあな。『こんなこと』やわな。確かに。……ほしたらまあ、好きになさいな」

と言って菊池鴨はニコッと笑う。

「………」

「そもそも私、あんたの行動にとやかく言うようなあれでもないわな。誰とのどんな話かも知らんわけやし。なんかあんたが危なっかしく見えるで思わず余計なこと言うたわ」

「……えー？俺、危なっかしい？」

「まあね。でもまあ、うん。なんかそういうの見守るみたいなのも、違うのかもな」

「うん？何これ」

「別に。まあ、じゃあ、またね」

「え？」

もうすぐ昼休みが終わる。菊池鴨は教室に戻る。僕は家庭科室の外のベランダに残されるが、鴨と同じ教室に戻るのに、またねと言われたので後を追うのに躊躇《ちゅうちょ》する。

僕のこと好きじゃないのにこの反応か。

やっぱり好きで、さっきの友達ってのは嘘だったんじゃないかなとも思うけど、判らない。

でも鵜飼夏央と一回勉強一緒にするくらいのことで友情関係が壊れるということはないだろうと思う。

土曜日に鵜飼夏央と会う。

町役場の四階の図書室で、隣が自習室になっている。その二つの部屋を皆が図書館と呼んでいる。

鵜飼夏央とは自習室に入る。大きなテーブルに並んで座る。それから数学の教科書を出して予習をする。期末テストの勉強しようかって話も出たけど中一の数学なんて簡単でわざわざ復習しなきゃって感じもしない。《方程式》も教科書を読んだだけで分かる。鵜飼夏央も似たようなもので、二人ともこれからの数学の時間が退屈になりそうだ。

町役場の昼のチャイムが鳴る。

「お弁当作ってきた」

と言って鵜飼夏央が弁当箱を出す。サンドイッチだ。タマゴとツナ。

「下で自販機あったよな。俺、ジュース買ってくるわ」

と立ち上がると、鵜飼夏央が水筒も出してくる。

「紅茶で良かったらあるよ」

「わ。凄い」

「別に大したことないやんか」

「でも俺できんって言うか考えもつかんかった」

「あはは。ほやけど倉本には足りんかも。私あんまり食べんし、少し多めにしたつもりやけど私基準やで」

実際僕には足りなかった。特に紅茶は鵜飼夏央と分け合わなくても充分には程遠かった。自販機に行こうとすると鵜飼夏央もついてくる。それぞれジュースを買って戻るとき、僕は思い出して訊く。

「鵜飼、こないだ俺のこと、もっとまともやと思ってたって、どういう意味？」

「うん？そんなこと言ったっけ？」

「言うた。憶えてない？」

「憶えてない。ほやけど言うたことの意味は分かるよ？」

「え。教えて」

「いいよ。いいけど、ほの前に、チュウしてくれる？」

「えぎっ？」

と、聞いたことのない甲高い声が出た。

「あはは」

と鵜飼夏央が笑う。

綺麗《きれい》な子だ。だからとりあえず図書館に来たりもしたのだ。でも僕はどうして僕があの**もっとまともかと思ってた**ってセリフで動揺したのかを知りたいって気持ちばかりだった。

「鵜飼、俺のこと好きなん？」

みたいなセリフを続けてこの子にも吐《は》くとは。

するとと鵜飼夏央が首を振る。え？

「そういうことでないよ」

「……どういうこと？」

「単に、交換条件。私が何かを教えるから、倉本は私にも何かをくれないと」

「えっ……でも、キスは、好きな人とせんとあかんのでないの？」

「キスなんてせんよ。チュウやって」

「え？全く意味が判らんけど……つまり、唇にチュウはキスでそれ以外ってこと？」

「いや唇にちゃんとチュウして欲しいけど」

「どういうことよ……」

「ふふ。キスは大人がするもんでしょ。私ら、子供ってわけでもないけど、大人じゃないが？」

「そういうこと……？」

「ほら、はよ」

ええ？そこは町役場の薄暗い廊下だ。土曜日だから職員とか少ないみたいだ。だから人は通りがかりそうにない。

「いや、はよったって……」

「私、倉本はこういうのちゃんとしてくれる人やと思ってるよ」

「どういう意味よ……」

と脳を頭蓋骨《ずがいこつ》の中でグネングネンねじらせてると菊池鴨のセリフがふわり浮かび上がってくる。

そうやけどそのまとも云々の子、あんたなんか全く敵わんやろうで近づかんときね。

全く言葉通りになったよミラクルだ鴨さ――――ん！

すると鵜飼夏央が笑う。

「鴨ちゃんに悪い？あ、鴨さんか。ふふ」

もう僕はびっくりして立ち竦《すく》んでしまう。怖い。

「や……鴨さんは……友達やし」

「特別な、友達やろ？」

「……」

「まあそこは倉本が後でゆっくり考えればいいことや。まずはチュウしてや」

「はいはい」

「ちょう待って。この世のどこに『はいはい』ってチュウされて喜ぶ女の子がおるんよ」

「失礼しました」

僕は黙り、一歩踏み込み、５００ミリの烏龍茶《ウーロン》ペットボトルを持ったまま鵜飼夏央にチュウをする。キスではない。

人の唇は柔《やわ》らかい。でもなんとなく濡《ぬ》れてるのを想像していたけれど乾いていて、それはプムン、とぶつかっただけのような感覚で終わる。

「……あのな？私、小さい時から見る嫌な夢があって、それが、怖い電車に乗る夢なんよ。見た目は普通の電車なんや。そんで乗ってみると、知ってる人とかが先に乗ってたり、後に乗って来たりするし、窓の外の景色が綺麗やったりなんか隕石《いんせき》が降ってきたりしてわあ、スペクタクル、凄いの見れて得した、みたいな、結構楽しかったりもするんや。ほやけど、乗ってるうちになんかものすごく怖くなってくるの。よう判らんと思うけど、たぶん、座席がなんか整列してなかったり変な形やったりしてるせいやと思う。なんでそれで怖いんか私もよう判らん。ほやけどそのゴチャゴチャの座席に座ってじっとしてる人らって、ひょっとして、死んだ人らなんでないかなと思うんよ。つまりその列車って、私が死ぬときに乗る列車で、いつか私のこと連れていこうとしてるんでないかと思う。まあ死ぬときって、いつかはどうせ死ぬんやでいいんやけど、ほやけどその電車は怖いんよ。ほんでこないだも私その夢見てたら、そこに倉本が乗ってきたの。ほんで私の隣に座って、『大丈夫や。よう考えてみれや、どんなんでも、電車に乗るときにはやっぱ席が確保されてる方がいいやろ?立ちっぱなしよりはな』って言うたの。ほんで私ちょっと笑ってもうて。確かになーって。ほしたら倉本が言うたの。『気持ちなんて反転する。意味は変わる。絶対ではないんや。生きることも死ぬことも、何もかも、意味をつけてるのは自分よ。もともと全部、意味なんてないんや』って。ほんと、この通りに言うたんよ。そしたら私その電車の夢で初めて怖くならんかったんや。と言うか、何が怖いのか判らんくなってもうたんかな?

とにかく凄いびっくりして。まあそんなのその一回きりで他んときは倉本は出てこんし私も倉本の言うたこと夢ん中では思い出せんから、やっぱり怖い感じになるんやけど、ほやけど、起きたときにちゃんと思い出せるし、ほうやって思い出すともう怖くないんよ。でな？倉本のこと見てたら、倉本、夢ん中と同じようなこと言いそうやなって私、思ったの。なんか、倉本って何もかも全部馬鹿馬鹿しいっていう感じやん？」

僕は雷に打たれたみたいに体を硬直させてしまう。そしてその雷の理由の一番どうでもいいことで声を絞《しぼ》り出してツッコんでしまう。

「お返し、はや」

すると「ふふふ」と鵜飼夏央が笑う。「チュウしたな」

あと、僕はそういう表情をもう完全に封じ込めてやったと思ったんだけど……。

あとフフンみたいな顔せんときね。

とあんなに言われたのに。

「俺、フフンって顔、してた？」

「してたしてた」

まだしてたのか……。

「ほやけど、その顔で私、安心してたんよ」と鵜飼夏央が少し頭を傾《かたむ》けて笑う。「倉本って、まともなんやろうなって」

生きることも死ぬことも、何もかも、意味をつけてるのは自分よ。もともと全部、意味なんてないんや。

それはいかにも僕が思っていることに通じている。

物事の全てにおいて価値なんてない。

「それってまともってことなんかな」

「電車の座席がおかしなことなんて意味ないやろ」

どうだろう？夢には意味があるって普通は考えるんじゃなかったか？

いやそういうことじゃない。

「そうじゃなくて、俺、……実際、似たようなこと考えてたさけ」

と言い出して僕は少し迷うが、

「何？」

と訊かれて言ってしまう。

「俺も……っていうか、俺、実際、この世の全てに、意味って言うか、価値がないんでないかと思ってるんよ。面白いとか楽しいとか、そういう感情は本当やけど、面白いけど無価値とか、楽しいけど意味ないとか、そういう感じで。そんで、この世界に価値がないんやったら、……生きる意味もないんでないかなと思ってるんや。生きてるけど、俺の命が大事だから生きてるんでなくて、生きてて楽しいけど、俺にとってとか他の人にとってでなくてこの世にとって、意味とか価値があって生きてるんでなくて、俺は死んでてもいいのに勝手に生きてるんでないかなって。ほやで……」

と、ここでもう一度迷うが、続ける。

「俺、もうすぐ死んでしまうような気がするし、そうなっても、まあ、勿体無《もったいな》いみたいな気持ちは出てこんやろうなって」

するとと鵜飼夏央が目をつぶって笑う。

「倉本って……そうやってここにいるのが不思議なくらいの子やねえ。私のためにだれかが用意してくれたみたいや」

それから閉じられたまぶたから涙がすうっと一つこぼれる。

それを見て僕も泣き出してしまう。僕の場合は鵜飼夏央みたいに穏やかじゃなくて、体が震え、顎《あご》も横隔膜《おうかくまく》もガクガクで、うめき声みたいなものも漏れる。

「ううう……！」

廊下が薄暗くて良かったなと思う。

こうやって泣いてることが本質的にはみっともなく、情けなく、アホっぽいってことに僕は気づいていたと思う。

でも僕は嬉しかったのだ。誰かにこうして見つけてもらえたことが。

ワイワイキャッキャと暮らしつつ押さえ込んでいたつもりの僕の本心。

全然隠しきれてなかったんじゃないか、ってことなんだけれど、そのおかげでこうして人に話すことができて、とても気持ちが楽になったのだ。

少しだけ泣いて、ふう、と二人で息をつく。

「何やろこれ」と鵜飼夏央が言う。「なんか、運命とか、奇跡っぽくない？」

「まあな。そう感じるよな」

「感じだけでなくて、実際にそうでない？」

ああ。僕の気持ちとしてはそれはその通りだ。でも事実としては……それはどうだろう？

僕もそう感じるけど、僕がそう感じることと事実そうであることとは違う。

「あはは。倉本、なんか考えてるな」と鵜飼夏央が笑う。「さすが、意味なんてない男」

「いや感じてることは同じやで？」

「いいんや。あはは。さ、戻ろうか」

と言って踵《きびす》を返す鵜飼夏央を、僕はがっかりさせたかもしれないな、と僕は思う。いやかもしれないじゃなくて、おそらくバッチリ失望させたんだろう。

僕はまたアホみたいに考えすぎたのだ。

それにしても、と鵜飼夏央の背中を追いながら思う。死者の乗り合わせる列車に乗る女子と、十五歳まで生きられなくても構わない男子か。菊池鴨には暗いと罵《ののし》られそうだな、と。

自習室のドアの前で僕は言う。

「普通に生きていこうな」

これまで通りでいい、ただ自暴自棄《じぼうじき》になったりしない、という意味で。

鵜飼夏央が笑う。

「あはは。うん。そうしようね」

そして鵜飼夏央が振り返り、僕を少し抱く。ぎゅっと胸に入ってきて背中に手を回した後、パッと離れていったので抱き返すことはできなかった。

それから二人で自習室の席に戻り、もう少し勉強を続ける。さっきのやりとりなんてどれも起こらなかったみたいにして。

二時くらいに完全に勉強に飽きて図書室に行き、本を適当に抜き出してチラチラと眺めていると夕方になり、二人で荷物を片付けて消しゴムのカスを集めて捨てて、自習室を出る。一階の玄関で
「また、遊ぶ?」

と僕が訊くと鵜飼夏央が笑う。

「遊んだんでないでしょ。勉強したんやろ」

「ああ、ほうやった」

「もうチュウとかせんのやったらいいよ」

「あ、え?俺がしたんやったっけ」

「倉本がしたんやんか」

「鵜飼がしろって言うたさけやろ」

「まあな〜」

「え。どういう意味よ」

「別に。また勉強しよさ」

「……うん」

あのチュウは何だったのか?が解けない僕に鵜飼夏央が言う。

「祐介《ゆうすけ》って呼んでいい?」

「え?いいよ。ほしたら俺も夏央って呼ぶか?」

「あはは。変な感じ。なあ、今日のこと鴨さんに言う?」

「え、言わないよ」

言うつもりがなかったということでもないが。

「あはは。ほんならいいわ。ほしたら、また明後日学校でな」

「明日はどうする?」

「え？」

「日曜日やけど」

「明日はうちにいる」

「ほうか。……あれ？俺らって付き合う？」

「付き合わないよ。友達ね。ほんじゃ、祐介、またね」

「うん」

あれ？そうなのか。付き合わないのか。

何が何だかわからないが、とにかく彼女ができたということではないらしい。

僕も夏央も自分の自転車にそれぞれ乗って帰る。


僕と夏央がお互いを下の名前で呼び捨てしあっていることは即座に周囲に気づかれる。

「付き合ってるんか？」

「付き合ってないよ」

って受け答えがいくつかあり、

「菊池さんと付き合ってたんでないん？」

「ないない。友達や」

って受け答えがもうちょっと多い。

菊池鴨は特に何も言ってこない。と言うか少し無視されてるような感じがあって
「鴨さ〰〰ん」

と僕の方から話しかけに行く。

「……何？」

「一緒に勉強したの、鵜飼夏央やったんやけど、確かに俺の手には負《お》えんかったわ」

「まあ、ほやろ」

「うん。でも、友達になったわ」

「ほうか。でもそんなことは報告せんでいいで？」

「いや報告とかってつもりはないけど。なんでそんななんか、怒ってんの？」

「怒ってなんかないよ」

「ツンケンしてるやんか」

「してないよ。普通にニコニコ喋《しゃべ》ってるがの」

確かに菊池鴨は笑顔を浮かべてはいる。でもやはりそのセリフにも僕をやり込めよ

うというような意思を感じる。

「まあいいわ。とりあえず鴨さんに、何もなかったし大丈夫やったってことを伝えたかっただけやさけ」

「はい、ありがとう」

何が『はい』だ。僕は苛立《いらだ》つ。菊池鴨に苛立つのは初めてで、でもそれを二人で話し合ったりして解決しようとかもせずに抱え込んだままその場を離れてしまう。前に話したときには二人の友情関係が壊れるはずはないと思ったけど、そうでもないのかもなと思う。

でもそのときは少し変な感じだったけれど、すぐに元に戻る。菊池鴨は僕をからかい、僕は混ぜっ返したり茶化したりして菊池鴨を笑わせる。

夏央とは特に何もないまま夏休みがくる。結局二人きりになったことすらなかった。

友達なんだからそれでいいんだと思う。でも一度チュウしたことがその思いを揺らがせていて、もう少し距離を詰めたいような気がしないでもなかった。オナニーはほぼ夏央との記憶とそこからの捏造《ねつぞう》で行われた。僕は菊池鴨をオナニーに登場させたことがなかったので、つまり夏央を友達として見ているというのはそういう点でも違うんじゃないかなと思えたが、一回のチュウくらいなんでもないということなのかもしれなかった。何にせよ僕は知らないことばかりでこれという結論は出ないのだった。

夏休み中も菊池鴨とはよく会った。常に誰か他の友達を交《まじ》えてだったけれども、その流れの中で二人だけになることも頻繁《ひんぱん》だった。皆が歩くよりもちょっと前か後ろを歩いたりしていてワイワイとやるのだけれど、そういうときに特別な話をすることもなく、皆に聞こえても問題ない普段通りのワイワイを続けているだけだ。

でもお盆前の花火大会の夜、僕は電車の夢を見る。異常な座席の電車が僕の家の前庭に滑《すべ》り込むように降りてきて停車するので、乗り込むと、そこには夏央がいる。それで僕はこれは僕の夢ではなくて夏央が見ているものに入り込んでるんだ、と眠ったまま思う。

明晰夢《めいせきむ》だ。


車内は暗い。見ると、その車両の先頭で大きなスクリーンで映画を上映しているらしくて、乗客たちは静かにそれを見ている。音声は聞こえない。座席に音声を届けるヘッドフォンかイヤフォンが備え付けられてるのかもしれない。

でも通路で自分の席を探しながら他のお客を見てみても映画を楽しんでいる人は見当たらなくて、皆目を瞑《つむ》り、椅子に深く腰かけているかズリズリと尻を滑らせて背もたれの半分ほどまで自分の肩を落としているかで、どろどろと眠りこけている。子供もいる。家族連れが一列に並んで眠っている。子供の一人は席ごと車両を飛び出してしまっている。その子のところだけ窓と壁が壊れ、座席の構造体だけで車外に浮かんでいるのだ。これじゃ危険だなと思うけど、そういう席はどうやら他にもあるし、皆ここまでその席で眠ったままやってきたのだ。妙に騒いでも収拾がつかないかもしれないし、放っておこう。

「祐介」

と声がかかり、振り返ると通路に大きなスーツケースを引っ張る夏央がいる。

「わ、夏央。どこ行くんよ」

「東京」

「これで？」

こんな妙な電車が東京までもつのかよ、と思うが、福井から東京へも、空を飛ぶなら早いし、穴が空きまくったこの怪しい電車でもいけるのかもしれない。いや電車というのは毎日運行しているものだ。東京へ行くこの便もこんな様子で問題なく役割を果たしているんだろう。

「祐介はどこ行くの？」

「俺？……どこやろ」

こんな電車に乗る理由なんて思い当たらない。でもチケットがあるはずで、探してみるが、ポケットのどこにもない。

ポンポンと両手でチケットを探していると、ふと自分が手ぶらであることを気づく。これが東京行きの列車なら僕の格好はいくら何でも軽装にすぎないか？

おかしいなと思いつつ僕のチケットが出現するのを待っている夏央を見ていてふと、これが現実感をかなり欠いた状況であることに気づく。

僕の家の前に電車は停まらない。

電車は線路の上を走るもので、空中に飛び上がったりしない。

こんな電車は存在しない。

こんな、車両の穴から外に乗客を突き出してしまうような無茶苦茶な列車は。

異常な座席。……僕は思い出す。

「つかこれじゃない？夏央の嫌な夢の電車」

と言ってからそうだった、これは夢なんだ、と僕は思い出す。でも僕の夢じゃない。僕はこんな夢を見たことがない。これは夏央がたった今見てる夢で、僕の夢がそこに接続され、僕は勝手に入り込んでしまっているんだ。

しかし夏央は僕の言うことにぽかんとするだけだ。

「私は夢なんて見んよ?私、夜寝んもん」

そんなはずはない、と思うけれど、放っておく。

せっかくだから、目覚めさせるよりもこの変な夢を観察してみようと思う。他人の夢を眺めることができる機会なんてなかなかないだろうし。

いつの間にか列車は夜空に舞い上がり、車外の座席に座る乗客たちはシートベルトもつけずにだらりと寝込んだまま強風を受けている。その穴から風がビオオオオオッ!と吹き込んでくるが誰も起きない。

僕と夏央にも猛烈な風がぶつかってくる。

「あはは凄いね!」

と夏央が笑うけれども僕にはそんな余裕はない。

「とりあえず席に座ろっさ!」

あちこちから吹き込む暴風の中で僕と夏央は近くの空いている席に並んで座る。夏央のスーツケースが見当たらない、と振り返ると、大きな青色の直方体がブワワッと空中に浮かび、車体の反対側の穴から勢いよく排出されていく。

「あははは！私のカバン！飛んでってもうた！」

と夏央が髪を振り乱したままで爆笑しているけど笑い事ではない。あの重そうなバッグが吹き飛ばされるほどの風なのに、電車という乗り物にはシートベルトはないのだ。僕は夏央のお腹の向こうのアームレストに手を伸ばし、彼女の体を椅子に押し付ける。

「やあエッチ！あははは！」

確かに夏央の柔らかい胸が肘《ひじ》の上あたりに当たっているけれどもそれくらいの役得感は必要だ。でも夢の中の夏央のおっぱいはどれくらい本物に近いんだろう？何だか夏央の顔の印象がどんどん変わっている気がする。いま僕の腕にムニムニとサーヴィスしてくれてるのはどこの誰なんだろう？

菊池鴨？とは全然違う。

もう少し大人っぽい誰かだ。

でも僕が思い出せる人じゃない。

バリバリバーン！と大きな音がして、見上げると列車の屋根が風に吹き上げられて前方からビリビリ剝《は》がされて行く。箱の蓋《ふた》が開けられるようにして夜空が広がり、その向こうで前の車両がぐねぐねと曲がりながら立ち上がっていて、それらもすべて風に舞い上げられているらしい。屋根や壁を吹き飛ばされ、車両の連結も失って。

「あはははは！」とあまりの光景に思わず僕も笑う。「もう無茶苦茶や！これは東京まで無理やで！」

「でもありがとう倉本」と俺の耳元に顔を寄せて夏央らしい女の子が言う。「ここまで一緒に来てくれて」

僕らの乗る車両もぐるぐると回転しながら落下を始めている。体がふわりと浮かぶ。座席から持っていかれそうになる。

このまま車両の残骸《ざんがい》とともに地面まで落下していくのと舞い上げられるまま風に身を任せるのとどっちがマシなんだろうと考えていると、耳元で《夏央》が言う。

「私がお風呂に入ってると、お父さんが脱衣所に来るんよ」

「えっ……？何⁉いやらしい話⁉」

風の音に負けないように僕は大声で言う。

「ううん。いやらしいかどうかわからない話」

「どういうこと⁉何かされたってこと⁉」

「ううん。何にもされてない。お風呂には入ってこん。ただ、私のお風呂に合わせて脱衣所に来るんよ。そこに洗面台とか洗濯機があるし、それに用事があるみたいに。後にしてって言っても聞いてくれんのや」

「鍵、掛ければ!?鍵!」

「掛けたらドア壊されそうになる。ドア、私が開けるまで怒鳴られるし、怖い」

「わかった!風呂な!?俺、助けに行くわ!」

「本当?来てくれるの?」

「おう!夏央の父ちゃん、夏央の風呂の間、気い引いておけばいいんやろ!?ちなみに夏央のその父ちゃん、本物の父ちゃん!?」

「もう判らん。違う人みたいや」

「ほうか〜!」

実の父親が娘に?

想像しにくいがありえない話じゃないのは知っている。変態はいる。

あれでもこれ夢だよね?

と思った瞬間に、座席に張り付いたまま車両が地面に落ち、突き上げられるような感覚が一瞬あって世界が暗転する。何か硬いものが体を貫いた感覚。死んだ!と確信する。

そして目を覚ます。俺は自分の寝室でベッドに寝ていて、胸の動悸《どうき》が激しい。死んだ夢なんて初めて見たし、わぁっとビックリして飛び起きるとかじゃなくて、死んだ、と思ってから自分の体の中からいろんなエネルギーが抜けていくのをまざまざと感じてからだったから、目を覚ましたことも嘘みたいな気持ちだった。全て夢だったことも知っていたはずだったのに、いつの間にかすっかりその場で進行するお話に乗っかってしまっていた。

でも生きている。

そしてあの夏央の告白も僕のでっち上げだったわけだ。

本当にそうか？と疑う気持ちがあるのはあれが夏央が見ている夢で、僕はそこに侵入したんだと思い込んだせいだろう。でもそれがそもそも僕の夢の設定にすぎなかったのだ。

僕の中に居ても立っても居られないような焦《あせ》りが残っている。

私がお風呂に入ってると、お父さんが脱衣所に来るんよと僕に胸を触られたまま耳元で言う夏央の声。

俺、助けに行くわ！と僕は即座に応えていた。あはは、と笑い出したくなる。**夏央の父ちゃん、夏央の風呂の間、気い引いておけばいいんやろ!?**とか安請《う》け合いしていたけれども一体僕は何をどうするつもりだったんだろう?夏央の風呂は毎日のことなのに、僕は夏央の家に日参して父親の邪魔をするってのはかなり非現実的なはずだ。

「ふふ」と布団の中で声を出して実際に笑うとさらに普段の夢の通りにあの空飛ぶ列車も遠ざかっていく。父親にいたずらをされそう?な夏央も。

でも全てが本当には消え去らないみたいで、僕は夏央に電話をする。

「どうしたの?」

「や、意味分からないだろうし、俺もうまく説明できんのやけど、夏央、なんか困ってないかなと思って」

「え?……何も?なんで?」

「や、説明できんのやけど」

「私が困ってたら、助けてくれるの?」

「そうでない?」

「そうなの?」

「うん。多分。理由がよく判らんけど」

「あはは。ありがとう。でも大丈夫」

「そう?ほんならいいけど」

「ありがとう。なあ、祐介」

「ん？」

「これからも、私が困ってたら、いつでも助けてくれるんか？」

「どうやろ」

「あはは。そういうわけではないん？」

「判らん。でもできることはするよ」

「ありがとう」

「三度目」

「え？」

「ありがとう三回言ったってこと。何にもしてないんやさけそんな感謝せんでいいで」

「でも助けてくれるって言ってくれたら嬉しいやんか」

「口だけやもん。安い安い」

「あはは」と笑い、それから夏休みをお互いどう過ごしてるか少し話し、夏央が言う。「また図書館行こうか」

「うん」

「またチュウする？」

「え？する？」

「どうしようか」

「しないほうがいいんでない？」

「何で？」

「いや、多分するけど」

「するんや」

「まあな」

「あははは！まあなって」

笑う夏央も僕も約束まではせず、曖昧《あいまい》なままで電話を切る。すると二度と電話はかかってこず、僕もかけず、夏休みが終わる。

菊池鴨とは夏休みの間に一度も会わなかった。小学校のときだって夏休みに女子とは遊ばなかったし、住んでいる家だって地区が違っていてばったり出くわすということはないところなのでしょうがないというか普通だと思っていたけれど、二学期が始まって学校にまた通い出しても、菊池鴨は以前とは全然違っている。いや、僕の方も菊池鴨への態度をどうしていいか判らなくなっていて、だから二人とも変わってしまっていたんだと思う。相変わらず僕は彼女を鴨さんと呼んで笑って喋ったりもするのだけれど、そういう時間の後で少しホッとするような感じがあって、やはりそれは自然な起こり方をしてないということなんだろう。さらに菊池鴨とワイワイできてホッとしているだけでなく、たまにワイワイが終わってホッとしているようなときもあって、いよいよもう、終わってしまったんだなと思う。菊池鴨もそう思ったのかは判らないけれど、二学期の終わりにはもうあまりお互いわざわざ話しかけたりもしなくなる。

夏央とはもう全く全然、夏休み前の図書館での出来事が何だったんだろう？ってくらい会話をしていない。僕も夏央もほとんど目も合わせない。そしてそれが気にならなくなって、冬が終わり、二年生になる。菊池鴨とは別のクラスになる。と言ってもふたクラスしかないので教室が隣になるだけなのだが、それでも別のクラスになると話すきっかけはほぼゼロだ。

そして同じクラスのままの夏央が、四月の終わりに話しかけてくる。

「祐介」

「あ、久しぶり」

「うん。祐介、ちょっといい？」

「いいよ」。でも教室にはまだ他の生徒がいる。「ここ？」

「違うとこ行こうか」

「うん」

音楽室に行く。夏央と二人で出ていくときに、気づいた男子の誰かがちょっと囃《はや》すような声をあげるけど気にならない。

「や、大した用件じゃないから話は早いんだけど」

と言いながら夏央が二人きりの音楽室のドアを閉める。

「どうぞ？」

「あのさ、確認だけしておこうと思って」

「何？」

「私、祐介と付き合ってないよね？」

「は？何で？誰かそんなこと言う奴いるん？」

「いんいん。ほやけど、なんか祐介と私って、ちょっとあったやんか」

「ああ。でもあれノーカンなんやろ？」

「そう？」

「え？……どういう聞き返しよ、それ。違うんか？」

「や、確かにな。私、祐介にこういう判断任せようとしすぎやな。うん。まあ、じゃあほしたらはっきり言うとくけど、私祐介のこと好きやったかも」

「かもって。そこの判断の話だったんでないの？」

「そうだけど、よく判らないんやもん」

「うん。で、好きでなくなった？そこははっきりと？」

「……実を言うと、それも判らん。今でも何かと引き換《か》えにチュウしてもらおうかなって気持ちは残ってるんや」

「えっ、そう？」

「祐介はもうない？」

「あるよ。けどもうないと思ってた。気持ちじゃなくて、チャンスが。ほやで、なかったわ」

「ほうか。ほやけどやめたほうがいいんやろ？祐介、ずっとそうやって言うてくれてたもんな」

「そうやっけ」

「うん」

「好きな人とすべきってやつな。そうやな」

「ほやでやめとくわ」

「結局それ、俺の言葉に従ってるみたいな感じやけど、まあいいよ。まあ、やめといたほうがいい」

「うん。でな？そうするともう、これ伝えられんと思って、伝えておこうと思って」

「はは。何を？」

「あんな？祐介、今の二年A組、好き？」

「別に？普通」

「好きでないの？」

「嫌いではないよ。好きっちゃ好きやけど、普通や」

「ほうか。……私、『二年A組最高！』って大声で言ってる祐介が好きやったんよ」

「………」うん？

そんなこと……言ったけど、どうして……？

「あと、夢の中で私のこと助けてくれたり、図書館でも、私のこと支えてくれたりして、そういうの、本当に嬉しかったよ。なんか、奇跡みたいやった。でも、怖かったよ、少し。そういう、私にとって都合のいいことが起こってるなってことも、あと、二人ともがなんか駄目《だめ》になっていきそうな感じも」

「駄目になる？って、そんなことないやろう」

「あるよ。何事にも意味なんてないとか価値なんてないなんて二人がそばにいると、お互いの意味と価値がすり減っちゃうと思う」

「……いや、そんなことはどうでもいいとして、『一年A組最高！』って、そんな話したっけ？」

「ううん。してない。してなくても知ってるよ」

「？何で？」

「ほやかって私、あのとき一緒にいたもん」

「え？」

「やっぱり気づいてなかった。私やで？鴨ちゃんと、祐介と、坂田《さかた》くんと島《しま》くんとで喋ってて、そんで『一年A組最高！』ってなったの」

　え？

　あ。

あはは。別にムカつきはせんけど、確かにみんなと距離取ろうとするときあるかもね〜。

って言ってたのが、確かに夏央だ。

あ〜〜〜……言うてる意味は分かるけど……。

も

（フフンて顔してないよ）**してるしてる。**

（してないよ）**してるしてる！**


も、あの放課後、あそこにいた夏央だったのだ。

全然気づかなかった。いや顔は見えてたのに……夏央が笑う。

「祐介、鴨ちゃんのことしか見えてなかったもんな」

「ええ……？」

「まあ、そういうのもあって、ちょっと割り込んでもうた感じになったけど、ごめんな？それに私ばっかり何か色々してもらって、何も返せんで」

「……………」

「ほやで、最後にこれくらいは言うとこうと思って。これって、これからの、これな？あんな？生きてることにも死ぬことにも意味がないって言うてくれたのが、私本当に嬉しかったけど、ほやけど、何にでもやっぱ、意味ってあると思うわ。価値も。全部」

「……それは……」

「聞いて。それは私の感じ方やって言いたいんやろ?意味をつけてるのは私や。その通り。ほやけど、生きてることに意味がないっていう証拠もないんやろ?足してるから意味があるんじゃなくて、もともと意味があって、そこに私の感覚を追加してるかもしれんがの。これ、否定できる?」

「……」

「できないよね?だって私だって祐介だって、生きてることとか死んでることを、自分の主観抜きには観測できないもんな。どんな物事も、私とか祐介にとっての主観的観測しかできないもんね」

「……!」

「ほやろ?」

「……おっしゃる通りかも」

「やめて。ふざけるの」

「ふざけてない。凄いなと思って……」

「私、祐介の言ってたことたくさん考えたから。会ってないときもずっと」

「……」

「なんでかっていうと、私、認めて欲しかったんよ」

と言う夏央の目に涙が浮かんでいる。言葉が途切れる。

「……何を……？」

「私と祐介に起こったことが、……ううう、ぐ、奇跡だったって。うん、運命だったって」

はあっ、と苦しそうな息を吐き出した途端に夏央はぐしょぐしょに泣き出してしまう。

「あああああ、っぐ、あああああああ」

「夏央……」

「っぐ、だ、だって、わた、私、私のこわ、私の、私の怖い、怖い電車から、私のこと助けてくれたんやもん。あああああああ！」

僕は戸惑っていた。夏央がこんなふうに泣くなんて。あの確かに不思議な偶然にこんなに大きな意味を見出していたなんて。いや、僕だってあれは不思議だったんだ。運命とか奇跡とか、そういう言葉がふさわしいほどに。僕を打ち、震えさせ、涙をこぼさせていたんだ。同じだよ、と僕は伝えたかった。でも違うんだ。僕と夏央はあの出来事についての感じ方が異なってるんだ。何故なら僕はこんなふうに泣いていない。悲しい、悔しい思いなんて抱いていない。あのとき夏央だって笑いながら

さすが、意味なんてない男。

と僕をからかって、それきりだったじゃないか。

でもそれきりと言っても、ただ僕のことを無視して普段の生活を送っていたんじゃないのだ。夏央は僕を無視していたんじゃなくて、僕の考え方に向かって正面から対《たい》峙《じ》してくれていたのだ。

そして混乱したまま僕は思い出し、言う。

「俺も電車の夢、見たよ。夏央がいて、……」

と話し始めると、夏央が息を飲んで、目を見開いて僕を凝視しているのに気づいた。

「で!?」

と大声で先を促され、僕は続ける。

「……座席が異常で、外に飛び出てて、でもそのまま宙に浮かび上がって走ってた。

夏央は東京に行くって言うてたよ」

「……ああ!憶えてない!でもそれ、私の怖い電車や!」

「で、途中で壊れて、バラバラに分解して、空から落ちたんや」

「………!祐介、大丈夫やった?」

「や、死んだっぽいけど……」

「ああああ！ひょっとして、私に電話してきたの、あれ、夢の後⁉」

あ、そうだった僕は電話をかけたんだった。

「私のこと困ってないか聞いてたよな？あれ、その電車の夢のせいやろ？なんで？何が起こったあ？」

「いや、別に……」

私がお風呂に入ってると、お父さんが脱衣所に来るんよ。

みたいな話、やはりしにくい。

「でも私、なんか困ってたんやろ？ただ電車に乗ってたんでなくて、なんか困ってて、それ祐介分かったんやろ？ほんで？」

「や、別に、何かしたわけでないし……」

「でも、助けてくれるって言った！私が困ってたら、助けてくれるって！」

「私が困ってたら、助けてくれるの？」

「そうでない？」

「そうなの?」

「うん。多分。理由がよく判らんけど」

言った。確かに。

「まあね……」

と言うと、夏央が両手で拳《こぶし》を握ってバチーンと両目に当てる。こちらがギョッとするほど力強く。眼球が弾け飛んでてもおかしくないほどに……。が、そんな心配が吹き消されるほどの号泣が夏央からほとばしる。

「うわあああああっ!……ああああああああっ!……あっ、あっ、ああああああああああっ!っく、悔しい!悔しい!っぐ、ああああああああああっ!っか、鴨!鴨ちゃん!ううううっ、鴨ちゃんが!っぐううう、か、っぐううう、鴨、鴨ちゃん!鴨ちゃんめ!」

やばい、と僕は思う。夏央が菊池鴨のことを憎み、激情のままに何かとんでもないことをしでかさないかと心配になったのだ。

でも夏央は肩で息をしながら泣き声を抑え込み、歯を食いしばって嗚咽《おえつ》を堪《こら》え、全身全霊で、という様子で気持ちを自分の中に閉じ込めていく。

「っううううう、っぐううう、ふうううう、っぐ、ふうううううううう、っぎ、ひ、ふうううううううううううう」

やがて深呼吸が繰り返される。

僕はその様子に釘付けにされている。

怯えも慄《おのの》きもあるが、夏央の意思の力の強靭ぶりを目の当たりにして、ほとんど見入っていたのだ。

それから最後の
「……はあああああ……」

と穏やかに口から息を吐き出して、すっ、と鼻で顔を上げる分の息を吸うと、もう赤みも引き始めた目で僕を見る。

「私のもんやのに、私のって感じが全くせんもんな。……うん。仕方ないわ。これも運命や。……祐介自身が運命ってもん自体を疑ってるのが、ちょっと慰めになるくらいやわ、はは」

「……」

「ほしたらね、祐介」

「え。……あ、………」

「大丈夫。祐介も言うてくれたやろ?……普通に生きてくさけ、私は大丈夫」

「でも……」

「困ったときに私のこと助けてくれる人、また作るし。できるし」

できるだろう。

どうとでもなるだろう。

僕のいた場所で、空いたところを、誰かが埋める、みたいなことになるんだろう。

僕は何もしてないから、結局はいたということにもならないような気がするが。

夏央は
「ほんじゃね」
だけで出ていく。
それから夏央は僕のことを無視するのではなく、他の皆と同じ態度で
「倉本」
と名字を呼び捨てにして僕を呼ぶ。雑談だってする。笑いかけたり冗談を言ったり

もする。

普通のクラスメイトとして過ごし、それが自然で、当たり前の雰囲気になる。

菊池鴨も似たような態度だが、隣のクラスなので接触はやはり増えも減りもしない。

そしてそのまま三年になる。菊池鴨も夏央も僕とは別のクラスになる。つまり菊池鴨と夏央は同じクラスだが、二人が笑い合う様子とかをたまに見かけたりする。べったりとくっついて遊ぶようなグループにいるわけじゃないが、教室を移動している途中なんかに二人を含んだグループで歩いているときがある。

僕も二人の女子を見つめて生きていくってわけにはいかないので勉強をする。受験があって、僕は菊池鴨と同じ進学校に進む。夏央は別の進学校に通い始めたので、電車の中でちらりと横顔を見ることがあるかな、って感じになる。

菊池鴨とはクラスが違うものの、時々登下校の際に並んで歩いたりする。高校のそばの図書館で一緒に勉強したりする。合間に飲み物を買いに行ったり、お腹が空いて一緒にご飯を食べたりもする。でも単なる友達だ。二人で映画を観に出かけたりもするようになるが、恋人になりそうな気配は微塵《みじん》もない。

そのまま高校を卒業し、二人とも東京に出る。大学は別だが、よく連絡を取り合い、飲みに行ったりする。

そして二年生になって夏がきて、夜中の二時半に菊池鴨から電話がある。

「もしもし？ごめんなこんな夜中に」

「あ〜別に？大丈夫。どうした？」

「ちょっと急であれなんやけど、今から会える？」

「うん？今からって……いいよ？どうしよ。どこに行く？」

「そっち行っていい？倉本のうち」

「え？……いいけど……どうしたん？」

ちょっと驚く。菊池鴨が僕のアパートに来たことは一度もなかった。

「話はそっちで。でも実はもうすぐそばなんだ。部屋の片付けとかどうでもいいから、ちょっとだけお邪魔させてもらっていい？」

「えーっ。いいよ？いいけどホントどうしたん？」

「会ってから。ほしたら、今ノックするから。とりあえず部屋の電気つけて、ドア開けてくれる？」

「わ。もう？ひいい。っし、オッケ。ちょっと待って」

僕はベッドから起き上がり、天井の明かりをつけて玄関に向かう。ドアがノックされる。ドフンドフン。掌底《しょうてい》をぶつけてるみたいだ。

「はいはい」

と僕は小走りでドアにたどり着き、鍵を開ける。と同時に菊池鴨が自分でドアを押し開けて入ってくる。

「こんばんは。ごめんねホント急に」

と言いながら三和土《たたき》で立ち止まり、後ろ手にドアを閉め、靴を脱がずに突っ立つ。

「………？どうしたん？中入れば？」

「ちょっと待ってね。大事な話があるの」

「うん、だから、入れば？」

「いいの。ここで、まずは話、させて。ちょっとそこに座ってくれる？」

と言って菊池鴨は玄関からキッチンの脇を抜けて寝室に続く細い廊下を指す。

「え？何？お説教でもされんのか？」

と言いながら正座を始めると菊池鴨がニコリともせずに言う。

「正座でも何でもいいよ。お説教はしないから。でもとにかく、えーと、倉本さん、私と付き合わん？」

「ん？どこに？」

「いやどこかに行くんじゃなくて、私と、彼氏彼女になるつもりはないかって聞いてるの」

「ええっ?何で……何でそんな、……いやちょっと待って。そもそも鴨さん、俺のこと好きなの?」

「好きやで?私には倉本しかえんよ」

「えっ、そう?そんな感じ全然……」

「そりゃ見せんようにしてたもん。私、慎重やったから」

「何で?どういう意図があってそんなこと……」

「ほやかって、中学生の恋愛とか大人になるまで上手く実らせてく自信なかったんやもん。私も倉本も、全然未熟やったやんか」

「……ええ?ほんで、大人になるまで待ってたってこと?でもまだ二十歳前やけど」

「うん」

「つかまだちっとも大人になったような感覚ないで?特に恋愛は、正直誰ともしてないし、付き合ったりとか」

「うん。知ってる。そういうふうになるように、私、そばにいたから」

「えっ?そういうこと?鴨さん、俺の恋愛邪魔するために友達やったん?つかそんなん、それ友達か？」

「ただの友達でないって。私にとってはずっと恋愛相手やもん」

「ちょ、それ、いつからの話？」

「かなり最初のほうからだよ」

「中一んときは？」

「そうだよ。中一んときにも、そう」

「鵜飼夏央のこと憶えてる？あの子んときは？」

「……正直言えば、あの子が現れてから気づいたかな、自分の気持ちに」

「ええ？……ちょっと待って。ちょっと……」

僕は未だに夏央の最後の泣き声が忘れられないでいる。

あの、気持ちを引き裂くような、胸が壊れちゃいそうな悲しい泣き声を。

「言っておくけど、彼女には私、何もしてないで？あのとき私、倉本とはほとんど喋ってなかったやろ？彼女とも全然話、してないし」

「ああ……」

「……彼女、……鵜飼さんって、なんか倉本には特別な感じになりそうな気がしてたから、私、とりあえず離れたの」

「なんで?結構俺、寂しかったけど」

「だってそんなん見てられないじゃん。倉本が鵜飼さんのこと好きになるかもと思ったんやもん」

「……ほうか。まあ、どうせ上手くいかんかったけど」

「うん。……らしいね」

「あ、夏央から聞いた?」

「や、私とあの子、倉本の話はせんかったから」

「あ、そうなんだ」

「うん。で、どうする?って言うか、倉本、私は倉本のことが好きや。倉本のことしか好きでないんよ」

「あらら、そんな……」

「倉本は?どう?」

「……や、俺も好きかどうかって言ったら、好きやで?ほやけど俺にしたら、俺、鴨さんにはそういう目がないと思ってたから、なんか諦めた気持ちが長いんだよね」

「ごめんな。さっきも言うたけど、倉本とはちゃんと付き合って、しっかり長続きさせたかったから、大人になるの待ってたんよ」

「でもこのタイミング？まだ俺、そんな大人っぽくないけど？」

「それは……、状況が変わったと言うか、私、倉本のそばに、彼女としていたいんよ。これから。今」

「はあ？なんで？何かあったの？」

「……ごめんな。その前に、答えてくれること、無理？……難しい？」

「や、無理でも難しいでもないかもしれんけど……ちょっと混乱してるから時間は少し欲しいかな」

「……そうか。……うん。それは当然かもだね。ああ、……私もいろんな順序、間違えてるかも。やっぱまだ全然未熟だね、私」

「や、そんなことないかもだけど、とにかく何？なんで急にこんな話になったん？」

「………」

「鴨さん」

「……落ち着いて聞いてね？さっき私のところに連絡が回ってきて……倉本のところに他の子からも連絡くるかもだけど、……や、私が連絡するように他の子も言うてるから、ないかもしれないけど……」

「いやいいから、で？」

「鵜飼夏央さん、亡くなったって」

まず、お風呂の時間に脱衣所に来る父親のことを思い出した。進学先の京都で、友達の車に同乗していて、夏央は交通事故で死んだらしい。他の同乗者がもう一人亡くなり、もう一人、運転手も重症らしい。高速道路で、対向車がはみ出してきて、という話で、夏央側にはほぼ落ち度のない事故だと言うが、でも交通事故で両方が動いていれば完全な過失ゼロというのはなかなかないらしいけど、そんなことはどうでもいい。

夏央は死んでしまった。

次に僕が思い出したのはもちろんあの列車の夢のことだった。

夏央はあの列車に乗ったのだろうか？

怖がらずに乗れただろうか？

誰か、彼女が怖がらずに済むように助けてくれる人がいただろうか？

困ったときに私のこと助けてくれる人、また作るし。できるしと夏央は言っていたが、それは叶っただろうか？

どうであったにせよ、僕にはもう何もできないことだけれども。

菊池鴨の申し出については保留のままで生きている。幾ら何でもタイミングが無茶苦茶だし、菊池鴨に対する怒りみたいなものと、はっきりとした恐れを抱え込んでしまっていて、まっすぐ自分の気持ちに向き合えないでいるうちには到底どんな答えも出せそうにないからだ。

「それでいいよ」と菊池鴨が言う。「私もここまできたら、もう焦らないから」

そのとき僕たちはお通夜《つや》の帰りで、福井の夏だけど、夜に喪服で、暑いし、泣いてる人たちが多い中、こうやって短い言葉を交わすのがせいぜいだ。

僕は学校に通う。バイトをする。菊池鴨がそばにいなくても彼女はできそうにない。涼しくなってきて、誕生日が来て二十歳になる。大人だ。でもやっぱり大人になった気なんかしない。

年末年始も実家に帰る気がしない。

正月の三日目の朝、ベッドに入ったまままたま手元にあった小説を読み返していて、ふと僕が十五歳まで生きられないような気がすると思っていたこと自体をすっかり忘れていたことに気付く。十五歳の誕生日、それをどうしてスルーできたんだろう？

親はノストラダムスの予言の夏が終わって世界が無事だったときに当然みたいな気持ちと拍子抜けした感覚と、これからどうしたらいいのかな、みたいな思いがあったと話していた。そういうものだよな？と僕は思う。うちの親のそういう内心の方がリアルで、どうして僕は十五歳を生き延びたときにそういう類《たぐい》の内省がなかったんだろう？

結局のところ僕のなんとなくの感覚であって、本当に死ぬとまでは信じてなかったからか？

いや僕は図書館で夏央と泣いたときにそれを本当に信じていること、怯えていること、悲しんでいること、静かに混乱していることなどを知ったのだ。僕は本気だった。けれどもあのときもうすぐ十三歳で、あと二年か、みたいな発想は全然しなかった。

不思議だ。

僕はカウントダウンはしてなかった。

ではやはり、僕は現実問題としての寿命として捉えていたわけではなく、たまに感傷的になりたいときに持ち出すためだけの自己像設定にすぎなかったんだろうか？

あれ？

そんなの愕然《がくぜん》としてしまうんだけど……？

いや、しかし僕は今だに物事の価値も意味も信じていないのだ。全てが消える。人は死ぬ。

夏央は死んだ。

僕は悲しい。僕には大きな価値と意味のある人間の死。その死にも同等の価値と意味がある。生とは反対の、悲しい、辛い、残念だ、という価値と意味。無価値、無意味とは、どうでもいいということだから、悲しい、辛い、残念だという感覚は価値と意味を認めているということだ。

でもそれは僕の主観だ。

実際には……と続けようとして、夏央が僕に面と向かって言った最後のセリフを思い出す。

どんな物事も、私とか祐介にとっての主観的観測しかできないもんね。

その通りだ。主観しか持たない僕には物事の価値や意味を否定も肯定もできない。

そこには手も目も届かないのだ。

ならばその宙ぶらりんになった問題をどういうふうに片付けたらいいんだろう？

物事自体の価値と意味。

夏央は僕に、僕と夏央の出会いを運命や奇跡と認めて欲しいと言った。僕は僕の主観ではそれを認めるけれども、それ自体がそうであるかどうかはわからないと判断を保留しようとした。僕自身が認めていればそれでいいんじゃないかと思ったのだ。でも夏央はそれ自体がそうであると僕に言って欲しがった。それを僕に半ば強要するかのようだった。

どうして夏央はそれにこだわったんだろう？僕自身はすでにそれが運命的、奇跡的であると信じていて、それを伝えていたのに？

恋愛の上では、それで十分のはずだ。

でも夏央は、僕の世界観や信条みたいなところに踏み込み、そこで僕を変節させようとしていた。あれはどうしてだ？

僕を哲学的なところで屈服させようというような発想が夏央にあるはずはない。夏央は僕を翻弄《ほんろう》しようとしたとしても、組み敷こうとしたりはしない。

夏央が自分の都合のいいように僕の考え方を変えさせようと試みたりもしないだろ

う。実際夏央は、僕の意思で僕の物の見方を変えるように迫ったのだ。あくまでも選択は僕に任されていた。

ではどうして？

夏央だ。

夏央は僕のことが好きだった。それはもう主観的観測ではなく、事実でいい。だから夏央が僕に求めることは、夏央自身のためではなく、僕のためである、としたら……？

つまりその世界観の変更、思想の変節、その選択が、全て僕のためであるというのはどういうことかというと、……僕が間違えていて、それを正しく直そうとしていたということじゃないか？

まともで正しい、この世の真実に向かい合えるよう、僕を矯正《きょうせい》しようとしてくれていた……？

うん。

夏央らしい、と僕は思う。夏央がそうしてくれていたのを僕は信じることができる。

夏央はそういう子なのだ。

ではそれは畢竟《ひっきょう》、僕は考え違えていて、夏央にはそれがわかっていたということだ。

考え違い？

僕の考えのどこが間違っているんだろう？

と僕は考えるけれど、もう繰り返し繰り返し辿《たど》った思考回路のようなものがあって、それこそ僕の主観では間違いを見つけることができそうにない。

それで僕は菊池鴨に電話をする。

僕のそういう部分を指摘してくれるのはいつも菊池鴨だし、その電話をかけるときに僕には一切の躊躇がない。半年ぶりの電話だというのに。

「もしもーし」

「あ、俺。あけましておめでとう」

「あけましておめでとう。今年もよろしくね」

「うん。こちらこそ。今電話大丈夫？」

「うんいいよ。久しぶりだね。元気？」

「うん。そっちは？」

「元気だよ。実は今、島くんとこの離れに二十人くらい集まってて、飲み会中。外出てきたから話してても平気」

「寒くない？」

「平気だよ」

「そうか。あのさ、ちょっと聞きたいことがあるんだけど、いいかな」

「もちろんどうぞ？」

「あのさ、俺、物事には価値がない、意味がないって思ってるの、子供の頃から」

「あははは！あんたはまたアホなことを言い出してるね。お正月からまったくもう。で？」

「それって間違えてる？」

「えっ⁉シンプル〜。あはは。つまり、例えば人間は皆生きてる価値も意味もないから死んでいいってこと？じゃあないよね」

「うん。人は生きてる価値も意味もある。でもそれはあくまでもその人にとってであって……」

「あと周りの人にとっても、でしょ？」

「うん。そう。そうだけど……」

「本人と周囲の人が価値と意味を感じていても実際にその人が存在することはこの世

にとって価値がない、意味がない、というようなこと？人ひとりは小さくて弱くて、この大きな世界においてはゼロ同然だから？って視点を大きくした話でもないよね」

「うん。この世の役に立つかどうかとか、そういうことでもなくて、その人の存在自体が、ただ、価値とか意味を持つかどうか」

「うん？や、価値とか意味とかってのは誰にとってというのを外せないよ？大根の値段は売る人と買う人によって値段が違ったりするんでしょ？誰かの言葉だって、人の受け取り方によって意味が変わったりするでしょ？」

その通りだ。

僕がずっと唱えてる無価値、無意味ってのは誰に対してだ？

「……でも、人は必ず死ぬでしょ？」

「死ぬね」

「物も全て消えるか無くなるよね？」

「まあ、いつかはね。宇宙全体が消滅するって話だしね」

「ね？だとしたら、結局人の存在も、物の存在も、全部どうでもいいものじゃない？」

「あはは！あんたね、子供って、五歳くらいの子みたいな発想だよそれ！それ、結局ペットが死ぬのが可哀想だから飼いたくないのと同じことじゃないかな？」

「ええ？」

「つまり倉本は、人が死ぬこととかこの世の無常を嘆くあまり、人にも物にも価値や意味がないってことにしてそっぽを向こうとしてるだけじゃない？」

「………!?や、そんな、単純な……」

「違うって言える？」

「いや、それは俺には言えないだけで、実際はどうか判らないんじゃない？」

「いや判るでしょ。自分の心の問題でしょ？胸の内を覗《のぞ》いてみたらいいじゃない」

「……いやちょっと……」

「漠然としてて難しかったら、じゃあ、具体例を出すよ？鵜飼夏央ちゃん、あの子の短い人生に価値も意味もない？」

「何言ってんだよ、ふざけた例出すな」

「で？どう？」

「あるよ。でもそれは俺の主観だろ？」

「他の人にとっては？」

「それもあるだろ。でも、それもその人たちにとっての主観だろ？」

「じゃあ、あの子の存在そのものが、この世になんの善も悪も、暖かさも冷たさも、もたらさなかったと思う?」

僕は言葉を失う。

鵜飼夏央は、その全てを行ったと思う。なぜなら人だから、良いところも悪いところもあるだろうし、良い行いと悪い行いの両方をしてただろうし、その善意は世界を温めただろうし、悪意は冷やしただろう。

それは人だから。

人間は皆そうだから。

「そもそもさ、あんたは長いスパンのことを持ち出しすぎだし、それも想像でしかないし、宇宙が終わったからって人間が皆死ぬなんて決まってないんだよ?宇宙はいくつもあるって話じゃん。どうにかして別宇宙に逃げ出す方策を考えるよ、人間て。物ってそうじゃん。生まれたからには、死なないように努力するもん、生きてないものも。だから大丈夫。安心しなよ。あんたはさ、性格が暗いからそうやって良い方向に想像力が働かないだけだって。昔から言ってるじゃん？」

「あはは。あんたは暗いでろくなこと考えられんやろうで、私に乗っかっておきね。何も考えんほうがいいわ。余計なことぐるぐる考えてんと楽し〜く暮しときね」

「楽し〜く暮してるよ」

「あとフフンみたいな顔せんときね」

「してないって」

「してるしてる」

最初から言われていたのだ。そして僕はアドバイス通りにすると答えていたのに、できていなかった。そしてその場には鵜飼夏央もいて、僕が暗いでろくなことを考えられないってことを知っていたのだ。

だから僕を直そうとしてくれたのだ。彼女なりの言葉で。彼女なりの方法で。

運命だ。

奇跡だ。

それで良かった。


そして僕には菊池鴨がいて、運命も奇跡も、菊池鴨には敵わなかったのだ。

なぜなら僕が暗くてアホだから。


「倉本？」

「あのさ、……鴨さん、酒、飲んでるんだよね？」

「うん。ちょっと酔っ払ってるけど、なんか変？」

「ううん。この世に無価値で無意味なものがあるとすれば俺の考えだな、と思ってたさ」

すると爆笑すると思ってた菊池鴨が優しく言う。

「あんたのそういうのがなかったら、私もあんたのことどうでも良かったかもしれないし、私にとっては、あんたがそんなふうにあんぽんたんで嬉しいよ」

「あはは……そう？」

「うん。あんたはそういうところが可愛いからさ」

「マジで？」

「うん」

「俺、鴨さんのこと好きだよ。鴨さんがいないとダメなふうに、俺はできてるみたい」

「私それ、十二歳の頃から知ってるよ」

確かに菊池鴨の誕生日は九月だから、あの頃まだ十二歳だった。

それから僕らは電話を切る。

これからの約束はしていない。

まだ。

そして携帯をベッドの上に置いてから、今の会話がずっと東京弁だったな、と思う。

時間は過ぎている。その分、僕たちも変化している。それが大人になるという言葉通りの変化かどうかは僕には判らないが、それを信じていきたいと思う。

そういうのを信じて、生きていきたいと思う。

目を瞑る。


夏央。

僕の中に、君の乗る怖い列車がやってくるのを待ちたいという気分がずっとあるんだ。


でも今は、僕が乗るべき列車はそれじゃないんだとわかってる。

そして次の次に菊池鴨と会ったとき、君には高校生の頃に付き合ってた彼氏がいたと聞いて僕はようやく本当に確信する。

「なんだよ〜」

と思わず言う僕に菊池鴨が言う。

「あんた鵜飼さんのこと舐《な》めすぎ。つか人間のこと知らなすぎ。というか、はっきり言って思い込みだけで生きすぎや！」

その通りだ。そして僕が今ホッとしたことも、昔僕が否定した損得での考え方だろうか？だって、あー心配して損した、みたいな感じだったから？

僕がそういう馬鹿を重ねたことで世界が冷えたかもしれない。なので、僕はこれからそのぶんをせめて温め直すためにも頑張るつもりだ。

隣には菊池鴨がいる。

本書は二〇一八年十月に刊行した単行本を文庫化したものです。

〈初出〉
私はあなたの瞳の林檎　「群像」二〇一二年九月号
ほにゃららサラダ　「群像」二〇一〇年九月号
僕が乗るべき遠くの列車　単行本刊行時書き下ろし

|著者| 舞城王太郎　1973年、福井県生まれ。2001年『煙か土か食い物』で第19回メフィスト賞を受賞しデビュー。'03年『阿修羅ガール』で第16回三島由紀夫賞を受賞。『熊の場所』『九十九十九』『好き好き大好き超愛してる。』『ディスコ探偵水曜日』『短篇五芒星』『キミトピア』『淵の王』『深夜百太郎』など著書多数。近年は小説にとどまらず、『バイオーグ・トリニティ』や『月夜のグルメ』などの漫画原案、『コールド・スナップ』の翻訳を手掛け、アニメ『龍の歯医者』『イド：インヴェイデッド』の脚本などに携わる。

私《わたし》はあなたの瞳《ひとみ》の林檎《りんご》

舞城王太郎《まいじょうおうたろう》

2021年9月15日第1刷発行

発行者――鈴木章一
発行所――株式会社　講談社
東京都文京区音羽2-12-21　〒112-8001
電話　出版（03）5395-3510
　　　販売（03）5395-5817
　　　業務（03）5395-3615

Printed in Japan

講談社文庫
定価はカバーに
表示してあります

KODANSHA

デザイン―菊地信義
製版―――凸版印刷株式会社
印刷―――豊国印刷株式会社
製本―――株式会社国宝社

ISBN978-4-06-524894-2

講談社文庫刊行の辞

二十一世紀の到来を目睫に望みながら、われわれはいま、人類史上かつて例を見ない巨大な転換期をむかえようとしている。

世界も、日本も、激動の予兆に対する期待とおののきを内に蔵して、未知の時代に歩み入ろうとしている。このときにあたり、創業の人野間清治の「ナショナル・エデュケイター」への志を現代に甦らせようと意図して、われわれはここに古今の文芸作品はいうまでもなく、ひろく人文・社会・自然の諸科学から東西の名著を網羅する、新しい綜合文庫の発刊を決意した。

激動の転換期はまた断絶の時代である。われわれは戦後二十五年間の出版文化のありかたへの深い反省をこめて、この断絶の時代にあえて人間的な持続を求めようとする。いたずらに浮薄な商業主義のあだ花を追い求めることなく、長期にわたって良書に生命をあたえようとつとめるところにしか、今後の出版文化の真の繁栄はあり得ないと信じるからである。

同時にわれわれはこの綜合文庫の刊行を通じて、人文・社会・自然の諸科学が、結局人間の学にほかならないことを立証しようと願っている。かつて知識とは、「汝自身を知る」ことにつきていた。現代社会の瑣末な情報の氾濫のなかから、力強い知識の源泉を掘り起し、技術文明のただなかに、生きた人間の姿を復活させること。それこそわれわれの切なる希求である。

われわれは権威に盲従せず、俗流に媚びることなく、渾然一体となって日本の「草の根」をかたちづくる若く新しい世代の人々に、心をこめてこの新しい綜合文庫をおくり届けたい。それは知識の泉であるとともに感受性のふるさとであり、もっとも有機的に組織され、社会に開かれた万人のための大学をめざしている。大方の支援と協力を衷心より切望してやまない。

一九七一年七月

野間省一